SOPHIE TAL MEN

LÀ OÙ LE BONHEUR SE RESPIRE

roman

ALBIN MICHEL

Prologue

Le rideau de plumes

Le jour se levait à peine sur l'île d'Ouessant, dans le village le plus à l'ouest de la France, et une brume bleutée gommait le paysage. Clarisse profitait de ces longues journées de juin pour faire galoper son cheval avant de partir travailler. Dès qu'elle entrait dans l'écurie attenante à la maison, la jeune femme opérait le même rituel. Paume vers le haut, elle attendait que Sambello dépose son nez sur sa main et respire son odeur à pleins naseaux. C'était leur façon de se dire bonjour. Une fois passée la surprise des retrouvailles, Sambello reculait et donnait un petit coup de tête vers le haut. Un signe que la cavalière avait appris à décrypter. Elle s'appliquait alors à chasser les mouches agglutinées autour de ses yeux en balayant ses mains comme un éventail puis à le gratouiller aux endroits délicats : à l'arrière des oreilles, sous le menton et dans le pli du jarret. Ce jour-là, avant de l'enfourcher, Clarisse s'amusa à tresser sa crinière. Dix jolies nattes qui pendaient le long de son encolure. Elle aurait pu passer des heures à le brosser, à le câliner mais le travail l'attendait à chaque coin de l'île. La chaudière du père Maurice à changer, la fuite sous l'évier de Nadine Calloch et cette douche à l'italienne à installer chez la vieille Gilberte Malgorn qui, depuis son AVC, ne pouvait plus enjamber sa baignoire. À la pause-déjeuner, elle préviendrait sa mère de ne pas l'attendre pour manger et s'inviterait chez Hugo. Ils descendraient à la cale de Yusin et s'assoiraient dans l'herbe pour partager un sandwich. Et peut-être même un baiser s'ils avaient encore faim.

Clarisse ne le vit pas arriver. Le chien. Face au phare du Créac'h encore grignoté par les nuages, l'étalon blanc fendait les herbes hautes balayées par le vent ; et sa cavalière, perchée au-dessus de lui, donnait l'impression de flotter dans les airs. Clarisse ne pensait à rien d'autre qu'à l'instant présent. Y avait-il plus bel endroit au monde ? Plus magique comme moment ? Ce corps-à-corps avec son cheval, cette connexion qui l'incitait à écouter sa respiration, les battements de son cœur. À se laisser bercer par son pas léger, son petit trot cadencé puis à s'envoler avec lui – plus haut, plus vite – dans un galop aérien qui dépassait les lois de la pesanteur. Robe noire, museau fin pointé vers la mer, le chien jaillit des herbes et bondit vers eux comme s'il sautait un obstacle. Lui ne fut pas effrayé. Le genre d'animal qui ne prend pas la peine de tourner la tête, qui trace droit devant, vers sa proie. Une mouette en l'occurrence. Ridiculement petite et insignifiante. Si Clarisse avait eu le temps d'analyser la situation, elle l'aurait trouvé bien absurde cet enchaînement de circonstances. Un croisement d'événements inconséquents qui – au final – s'avérait lourd de conséquences. Si cette mouette intrépide ne s'était pas aventurée loin du rivage. Si elle n'était pas venue narguer le chasseur. Si elle avait décidé de voler quelques secondes de plus. Si Clarisse avait fait ralentir son cheval. Une histoire de timing, de rythme, de flux incontrôlable. De fatalité. Surpris, l'animal se cabra soudainement et hennit en implorant les nuages. Ses tresses se dressèrent comme un rideau de plumes. Les doigts de Clarisse lâchèrent la bride. Son corps vola dans les airs. Elle n'eut pas le temps de crier.

PREMIÈRE PARTIE

« Le parfum est la forme la plus intense du souvenir. »

JEAN-PAUL GUERLAIN

1

Je suis de bonne humeur, alors, ne m'énervez pas

Ces derniers temps, Evann avait la fâcheuse impression que les aiguilles de sa montre tournaient trop vite pour lui. L'étudiant en médecine vivait la nuit sans dormir le jour. Alors forcément, il y avait des dérapages, des moments d'égarement, d'épuisement et des sonneries de réveil manquées. Comme celle d'aujourd'hui.

Courir comme un dératé, ne pas s'étaler dans le hall de la Cavale-Blanche, l'hôpital de Brest, attraper la blouse tassée au fond de son sac à dos, l'enfiler en la faisant voler derrière lui comme une cape. Le super-héros parviendrait-il, un matin, à arriver à l'heure en stage ? Repasser avec le plat de ses mains son uniforme tout chiffonné, engouffrer une barre chocolatée en guise de petit déjeuner, monter quatre à quatre les marches jusqu'au deuxième étage. Bien respirer. Deux souffles pour une inspiration pour ne pas siffler comme une cocotte-minute en débarquant dans le service de neurologie.

Dix heures. Evann se félicita : c'était quinze minutes de mieux qu'hier. Il frotta énergiquement sa masse de cheveux crépus sur le haut de son crâne comme s'il était capable de sculpter sa coupe afro d'un revers de main. Son pantalon chino en coton bleu et son tee-shirt blanc – ou presque – portaient les traces de la soirée arrosée de la veille et une des branches de ses lunettes rondes en écaille n'avait pas résisté aux caresses passionnées de la belle blonde qui partageait son lit ce matin. En détaillant son visage endormi à demi enfoui dans l'oreiller, il reconnut la jolie Erasmus allemande. Celle avec qui il avait dansé le pogo hier soir. Un pogo déjanté qui s'était propagé dans toute la boîte de nuit et dont il gardait quelques bleus sur le corps. À moins que cela ne soit pour d'autres raisons. Pourquoi l'avait-elle choisi pour cible ? Ils avaient sauté dans tous les sens, s'étaient bousculés. Peut-être s'étaient-ils cognés trop fort pour atterrir sur le matelas de cette chambre universitaire sordide… Courbaturés, exténués comme après un combat. C'était tout lui : quand il avait trop bu, il devenait tactile et se mettait à parler allemand avec une fluence sidérante – impossible à reproduire à jeun.

– *Ich habe Durst. Küss mich wieder… Du bist schön… Meine Prinzessin… Wo ist ihr Zimmer?*

Il grimaça en se remémorant quelques bribes de conversation. Quel goujat de Français il faisait ! Surtout qu'au réveil, quand ses grands yeux bleus l'avaient allumé à nouveau, il n'était pas arrivé à aligner deux mots ni à la regarder en face, trop honteux des déclarations qu'il avait pu lui faire. Et c'est tout juste s'il ne s'était pas enfui en courant lorsque la *Prinzessin* avait voulu reprendre le combat.

– Arrête tes conneries ! rouspéta-t-il contre lui-même, en arrivant dans le service. Reprends-toi ! Allez, au boulot !

Raser les murs, marcher sur la pointe des pieds, baisser le menton, Evann maîtrisait à la perfection l'art du camouflage. Mais au moment de franchir les portes battantes, l'étudiant s'aperçut qu'il n'était pas si invisible que ça. Quel comité d'accueil ! Une quinzaine de paires d'yeux surpris qui pointait sur lui des expressions diverses. Amusées, affligées, en colère. Très en colère même. Le professeur Daguain, entouré de son troupeau d'étudiants, d'internes, d'infirmières, le fusillait du regard en lui faisant signe d'approcher. Pourquoi ne l'avoir pas prévenu ? S'il avait su que c'était le jour de la grande visite, il aurait… Enfin, il n'aurait pas… Il se mordit l'intérieur de la joue pour se punir. En y réfléchissant bien, il était au courant : vendredi matin, révision des troupes. *Garde à vous ! Rassemblement ! Rompez, soldats !* Comment avait-il pu oublier cela ? Et voilà que Marie-Lou, une des internes du service, se mit à l'applaudir en silence dans le dos de son supérieur.

– L'avenir appartient à ceux qui se lèvent tôt, jeune homme ! l'apostropha le chef de service. Quel est votre nom ?

– Evann Kostas.

À ce moment, les yeux du patron fixèrent l'inscription sur son tee-shirt, entre les pans de sa blouse mal boutonnée. Celle que le retardataire n'eut pas le temps de cacher.

JE SUIS DE BONNE HUMEUR,
ALORS, NE M'ÉNERVEZ PAS

Un fou rire gagna l'assemblée avant que Daguain ajoute avec un sérieux imperturbable :

– Alors là, pour une première semaine de stage, vous faites fort !... Comptez sur moi pour vous faire passer votre bonne humeur.

Promesse qu'il honora aussitôt en lui intimant de lire à haute voix l'observation qu'il avait rédigée sur un patient du service. Pas dans le couloir – ç'aurait été trop simple – mais dans la chambre de M. Buffard pour qu'il ait tout le loisir de l'écouter et puisse le corriger si nécessaire. Avant de se lancer, Evann fit une petite moue d'excuse au charmant octogénaire. Comment expliquer au patron qu'il avait passé plus de temps à jouer aux cartes qu'à l'examiner ?

– Attendez... Ce jeune homme est médecin ? Vraiment ? s'étonna M. Buffard, aggravant son cas.

L'étudiant s'appliqua à passer en revue les habitudes de vie de son patient : ses loisirs, son entourage familial, les différents voyages réalisés, ses animaux domestiques, sans évoquer une seconde les raisons de son hospitalisation et Daguain tapait machinalement le sol avec son pied pour ne pas s'énerver.

– Des poissons rouges, quelques poules...

– Vais-je vraiment avoir le droit à l'inventaire du poulailler, jeune homme ? L'histoire de la maladie, votre examen clinique maintenant.

Evann sentit qu'il avait épuisé toutes ses cartouches. L'art d'improviser et de broder dans une spécialité aussi ardue que la neurologie revenait à jouer une pièce de Shakespeare sans avoir appris son texte. Son débit de paroles faiblit tout à coup. Il se retint de feuilleter le dossier pour s'aider de l'observation de Marie-Lou. Dans quel lobe du cerveau M. Buffard avait-il fait son A.V.C. déjà ? Frontal, hésita-t-il un instant. Bonne pioche ! La chance ne lui sourirait pas à tous les coups. Les réflexes ? L'étudiant avait oublié de les chercher.

– Où est votre marteau ? le questionna Daguain en scrutant les poches de sa blouse.

– Euh… j'ai dû le laisser au vestiaire.

– Et votre tête, vous l'avez oubliée aussi ?… Je vous préviens : la semaine prochaine, vous avez intérêt à vous rattraper, sinon votre stage ne sera pas validé !

M. Buffard, qui se sentait tout petit dans son lit face à une telle assistance, détailla son partenaire de belote avec compassion. Un regard bienveillant qu'Evann n'osa affronter, réalisant qu'il ne le méritait pas. L'étudiant songea à l'année qu'il devrait redoubler s'il continuait à déconner, à la déception de sa mère, aux foudres de son frère, à l'inscription sur son tee-shirt et à sa bonne humeur qui venait sérieusement de se faire la malle.

2

Du côté obscur

Lors de la grande visite du professeur Daguain, Marie-Lou avait renoncé à faire participer les étudiants et avait fini par présenter elle-même les patients du service, tout en subissant les accès de colère croissants du patron contre cette bande d'étudiants endormis et indifférents à ses remarques. De tous les groupes d'externes qu'elle avait connus, celui-ci avait la palme ! En passe de terminer ses études de médecine, l'interne se demanda si c'était elle qui avait changé. Si elle était devenue pleine de principes ou si c'étaient eux qui en manquaient. Se serait-elle permis un jour d'arriver en retard à la visite ? De bâcler le dossier d'un patient ? De porter un minishort ras les fesses ? De mâcher bruyamment son chewing-gum ? Un effet de groupe, pensa-t-elle, car le mois dernier, les cinq externes s'étaient tous montrés exemplaires : motivés, polis, doués. Mais ceux-là : une vraie catastrophe ! Et voilà qu'à peine la visite terminée, la bande d'ados attardés se pressait déjà vers la sortie, sac à dos sur l'épaule, sans montrer la moindre gêne à l'égard de leur supérieure. Sauf peut-être l'un d'entre eux, resté assis sur une des chaises de l'office, à feuilleter d'un air penaud l'observation de M. Buffard. Pourquoi espérait-elle secrètement qu'il relève le niveau ? Jusqu'à se sentir responsable de lui. Non seulement Evann était le frère de Gabriel : le petit copain de sa meilleure amie Anna, mais un autre lien la reliait à lui. Quelques mois plus tôt, dans ce même service, n'avait-il pas été son patient ? Une violente crise d'épilepsie l'avait terrassé après avoir tenté d'arrêter son traitement, et son hospitalisation l'avait définitivement dissuadé de recommencer l'expérience. Comment oublier ce garçon si attachant ? Externe en médecine, bénévole auprès des enfants malades. Magicien, musicien à ses heures. Souriant, affable, battant. Comment oublier son passé douloureux, ce coup violent qu'il avait reçu sur la tête étant enfant et dont il subirait les conséquences toute sa vie ? Les liens forts qu'il avait noués avec son frère, l'amour débordant de sa mère adoptive. Et dire que Marie-Lou se faisait une joie de lui enseigner la neurologie ! Un apprentissage qui commençait bien mal, apparemment.

– Brillante prestation, Evann ! Je te félicite !

Il leva la tête et passa la main dans ses cheveux crépus. Une forêt de boucles, rasée sur les côtés, qui se dressait droite au-dessus de son crâne.

– Je ne pensais pas être interrogé aujourd'hui, désolé.

– Tu as fait la fête hier soir ?

– Ça se voit tant que ça ?

– Un médecin est d'abord un bon observateur ! Surtout en neurologie… Tes traits fatigués, ton haleine, la conjonctive de tes yeux, ta diction, ta démarche, tes fringues toutes chiffonnées, tes…

– O.K., O.K. !… Tu m'as démasqué.

– Et je ne suis pas la seule… Ça ne t'intéresse pas, la neurologie ?

– Si… Si… Tu sais très bien que j'ai une revanche à prendre avec cette spécialité.

– Eh bien, ton investissement crève les yeux. Bravo !

– Je sais, je sais, j'ai merdé, soupira-t-il. Rassure-moi, tu ne vas pas en parler à mon frère ?

– C'est donc la seule chose qui t'inquiète dans cette histoire ? La colère de Gabriel ?… Grandis un peu, Evann ! Tu te rends compte que tu risques de redoubler ton année !

Il baissa la tête et prit un air contrit de petit garçon qui reconnaissait qu'il avait été trop loin. Et Marie-Lou, mal à l'aise dans son rôle de donneuse de leçons, changea de ton :

– Les aides-soignantes m'ont dit qu'elles t'avaient surpris à jouer aux cartes avec les patients, c'est vrai ?

– Disons que j'ai pris l'habitude avec l'association…

– Evann, tu ne fais pas des études de clown, mais de médecine ! Il va falloir que tu fasses un choix. À l'hôpital, tu ne peux pas avoir plusieurs étiquettes. Quelle crédibilité pour tes patients ! Qu'a pensé M. Buffard en t'écoutant tout à l'heure ? Tu t'es posé la question ?… Tu fuis les responsabilités mais, que tu le veuilles ou non, tu n'es plus le bénévole qui fait rire, tu es passé de l'autre côté.

– Du côté obscur ?

– Pas obscur, non… Tu verras. Mais de ce côté-là, ce n'est pas un jeu. Des gens comptent sur nous, ils attendent que l'on soit sérieux et professionnels. Tu es bien placé pour le savoir, non ?

L'étudiant soupira et, pour une fois, Marie-Lou comprit que ses mots l'avaient touché.

– Reviens cet après-midi, d'accord ?

– Pourquoi ?

– L'après-midi, j'ai plus de temps pour m'occuper de toi… (Evann la questionna du regard, pas bien sûr de la suivre.) Tu choisis une entrée, tu l'examines, puis je t'aide à rédiger ton observ… O.K. ?

– Pourquoi tu ferais ça pour moi ?

– Parce que je crois en toi, Evann Kostas.

Il ne s'attendait pas à cette dernière remarque et resta à la fixer sans savoir quoi dire. Qu'attendait-elle de lui, au juste ? L'avait-il vraiment mérité ? Son frère l'avait-il payée pour qu'elle dise une chose pareille ? Elle avait l'air sincère pourtant.

– Tu ne me donnes pas vraiment le choix, si je comprends bien.

L'aplomb et l'intelligence de cette fille la rendaient presque effrayante. Et son haussement d'épaules blasé vint confirmer qu'il avait intérêt à répondre présent à son invitation.

3

Le clown qui n'avait plus envie de rire

Quand Evann revint dans le service l'après-midi, il trouva l'ambiance différente. Pas de chariots dans les couloirs, d'aides-soignants affairés aux changes et aux toilettes, d'infirmières distribuant les médicaments. Pas d'odeur de café mêlée aux effluves d'urine ou d'autres sécrétions en tout genre. Mais un ballet de déambulateurs, de cannes et de fauteuils roulants. Des patients souriants entourés de leur famille qui s'aventuraient hors de leurs chambres. Des soignants occupés à accueillir les nouveaux arrivants. Et des internes studieux, reclus dans leur bureau. Marie-Lou, sténorette à la main, lui fit signe d'approcher.

– Deux entrées sont prévues aujourd'hui… La première vient juste d'arriver de réanimation. Tiens, je te laisse regarder le dossier.

Docile, Evann prit place à l'autre bout de la table et commença à déplier les grandes feuilles devant lui. L'étudiant n'était pas habitué aux pages gigantesques des soins intensifs avec ces courbes qui retraçaient les derniers jours d'hospitalisation, avec chacune son code couleur. Température, tension, taux d'oxygène, état de conscience. Il relut plusieurs fois la date de naissance. Clarisse était plus jeune que lui. Vingt ans, à peine. Son nom de famille ne collait pas avec son histoire : Joyeux. N'aurait-elle pas dû être protégée avec un nom pareil ? Chute de cheval, traumatisme crânien, hématome sous-dural opéré en urgence, réveil difficile. Voilà ce qui était noté sur le motif d'admission. Ses yeux indécis dépassèrent de la feuille et croisèrent ceux de Marie-Lou.

– Tu disais qu'il y avait une autre entrée, non ? Je peux en savoir plus ?

– Pourquoi ?... Celle-là ne t'inspire pas ?

– Pas sûr d'être à l'aise, grimaça-t-il avec franchise. C'est horrible ce qui lui est arrivé.

– Oui, c'est horrible, mais on ne peut pas remonter le temps. Et maintenant, elle a besoin de nous.

– De nous ?... De toi, tu veux dire. Moi, je ne sers pas à grand-chose. Je ne vais quand même pas l'embêter avec mes questions et mon examen clinique si ma chef est obligée de repasser derrière !

– Evann Kostas, je te croyais plus sûr de toi ! le gronda-t-elle gentiment. Détrompe-toi ! Les externes peuvent être d'une grande aide s'ils s'investissent à 100 %. Vous avez moins de malades que nous, donc plus de temps pour approfondir les dossiers... Un jour, je me souviens très bien, c'est l'un d'eux qui a posé le diagnostic. L'homme était atteint de troubles de l'équilibre très étranges, je n'avais jamais vu ça auparavant. Cela durait quelques minutes, plusieurs fois par jour, il avait l'impression de tanguer, comme s'il avait trop bu, puis ça rentrait dans l'ordre. L'étudiant zélé a eu l'idée de réaliser un arbre généalogique et d'interroger les membres de la famille. Et bingo ! Deux de ses cousins, atteints d'une maladie génétique rare, étaient suivis à Paris. Une information-clé que le patient avait oublié de nous communiquer !… Dingue, non ?

– Dingue…

Evann comprit qu'il n'aurait pas son mot à dire avec Marie-Lou et continua à parcourir les pages à la recherche d'informations sur sa jeune patiente. Clarisse habitait l'île d'Ouessant. Elle vivait chez sa mère, était droitière, exerçait la profession de plombier. *Plombier ou plombière, d'ailleurs ?* Étrange pour une femme, pensa-t-il. Puis il s'en voulut de porter un tel jugement. Ce n'était pas étrange mais courageux. Cavalière, ouvrière dans le bâtiment, ce devait être un sacré bout de femme !

– Finalement, je préfère que tu t'occupes de ce genre de dossier plutôt que de celui de M. Buffard, trancha Marie-Lou entre deux dictées. Au moins, tu ne seras pas tenté de faire le clown ni de jouer aux cartes.

Evann leva les yeux au ciel et se retint de répondre. Comment pouvait-elle sourire à sa blague ? Quel cynisme ! Et pour qui se prenait-elle pour lui parler comme à un gosse ? Si elle continuait à le chercher, elle allait finir par le trouver ! Sa main à couper que son frère était derrière tout ça ! Depuis qu'il sortait avec Anna, une interne de chirurgie, Gabriel missionnait toute sa bande de copains médecins pour le surveiller et lui donner du travail. La semaine dernière, il avait même dû assister à une intervention de sa belle-sœur.

– Tu ne peux pas rater ça, avait-elle déclaré, tout excitée, alors qu'il était en pleine répétition de musique. Un infarctus mésentérique avec résection étendue du grêle, il faut que tu viennes voir !

Il avait posé sa trompette et avait massé ses lèvres engourdies. Devant tant d'enthousiasme, comment pouvait-il refuser ? Elle donnait l'impression de lui vendre du rêve. Un rêve qui avait vite tourné au cauchemar. Devant cette exposition de tripes et boyaux, Evann avait manqué de vomir sur la table d'opération et s'était dit qu'il verrait Anna différemment maintenant. Sous les traits d'une bouchère avec les doigts ensanglantés. De quoi tenir ses distances lors des prochaines réunions de famille !

– Evann, tu te lances ?... C'est mieux si tu l'examines avant moi.

Marie-Lou venait de le couper dans ses pensées. Peut-être n'aurait-il jamais quitté sa chaise si elle ne l'avait pas stimulé. Il enfila sa blouse à contrecœur puis sortit nonchalamment de la pièce, muni d'une feuille et d'un stylo. Maintenant qu'il en connaissait un peu plus sur la cavalière, il redoutait le moment où il pousserait sa porte. À quel point cette chute l'avait-elle brisée ? Défigurée ? Aurait-il du mal à la regarder ? Quand il frappa, personne ne répondit et il hésita avant d'entrer. La chambre de

Clarisse était baignée dans la pénombre et anormalement silencieuse. En apercevant sa silhouette allongée sur le lit, l'étudiant eut un mouvement de recul. Non pas que son visage fût abîmé – au contraire, ses traits étaient lisses et détendus, ses joues ponctuées de taches de rousseur. C'était l'immobilité de ses bras reposant sur les draps, la blancheur de sa peau qui rivalisait avec celle du tissu. Il se demanda un instant si elle était morte et il dut se racler plusieurs fois la gorge avant qu'elle daigne bouger les paupières. Plusieurs clignements furent nécessaires pour les tenir ouvertes. De grands yeux vert d'eau qui regardaient dans sa direction sans donner l'impression de le voir.

– Bonjour, je suis étudiant dans le service, je… (Que devait-il lui dire ? Il n'allait quand même pas l'examiner alors qu'elle se réveillait tout juste ? Il n'allait quand même pas soulever le drap ?) Je viens m'assurer que tout va bien pour vous.

Au bout de quelques secondes, les cils de la jeune femme retombèrent doucement comme si le rideau était trop lourd pour rester levé. L'étudiant se contenterait de ce premier contact. Tant pis si Marie-Lou lui faisait la morale. Il ne se sentait pas de la bousculer, ni de l'agresser avec son marteau réflexe. On peut dire que sa chef avait réussi son coup : le clown n'avait plus du tout envie de rire ni de jouer aux cartes. Il passa une main nerveuse dans ses cheveux et redressa ses lunettes. Celles qu'il n'avait pas eu le temps de réparer. Quelle injustice ! Et quel sentiment d'impuissance ! Que pouvait-il faire pour aider sa patiente ? Le corps humain était-il si fragile pour se remettre en pause au moindre accident ? Il pensa à sa mère biologique partie trop tôt, au coup qu'il avait lui-même reçu sur la tête. À la fatalité. Puis il ne pensa plus à rien. Rien sauf à déguerpir de là au plus vite, quand un léger bruit lui parvint de l'autre côté du lit. Les soubresauts d'un sanglot étouffé. Pourquoi n'avait-il pas remarqué sa présence ? Adossée à la table de nuit, une jeune femme se tenait assise par terre. Visage enfoui dans ses genoux, longs cheveux blond vénitien en cascade, jambes croisées dans sa combinaison à fleurs, doigts agrippant de jolies sandales dorées. C'était comme si elle voulait qu'on l'oublie. Qu'on ne la remarque pas. Raté, Evann venait de la repérer. Seule touche de couleur au milieu des murs blancs. Penché au-dessus du lit, il se demandait comment l'aborder. Comment interrompre les pleurs que le corps recroquevillé essayait d'engloutir.

4

Un parfum de rose

Lily avait quitté Bruxelles en catastrophe. Le genre de coup de fil qui vous glace et qui vous marque à jamais. Elle se rappellerait toute sa vie l'endroit exact où elle avait décroché et l'ambiance qui y régnait. *Le Bar à parfums* venait d'ouvrir ses portes et recevait déjà ses premières clientes pour l'hebdomadaire brunch olfactif organisé par la maison. Ce jour-là, la rose était mise à l'honneur. Des bouquets de fleurs multicolores décoraient la boutique et – en plus des fragrances concoctées pour l'occasion –, Lily avait préparé des pâtisseries et des boissons parfumées. De quoi se shooter à la rose et planer le reste de la journée. Mais cela ne se passa pas tout à fait comme ça. Pourrait-elle de nouveau sentir cette odeur sans avoir un haut-le-cœur ? Sans penser à Clarisse heurtant le sol ? À Clarisse transportée en hélicoptère ? À l'incertitude qui volait vers l'hôpital de Brest ? À la voix fébrile de sa mère ? À l'urgence de la retrouver ? Oui, Lily se souviendrait toute sa vie des regards désolés autour d'elle. Celui de son patron surtout, cerné de rides et compatissant, qui l'avait laissée partir en courant.

Opérée en urgence pour évacuer la poche de sang qui comprimait son cerveau, Clarisse venait d'intégrer le service de réanimation. Dans la salle d'attente, Lily – figée sur sa chaise – avait eu le temps de passer en revue tous les scénarios possibles avant d'être autorisée à entrer. Et si elle était méconnaissable ? Comment se préparer à un tel choc ? Se sentirait-elle défaillir ? Aurait-elle envie de fuir ? De la prendre dans ses bras ? Une chose était sûre : elle préférait se passer de spectateurs. La jeune femme avait ramassé ses longs cheveux dans un chignon bun, inspiré un bon coup, puis avait pris son courage à deux mains. Et, contre toute attente, elle avait ressenti un extrême soulagement. Sous ses yeux, la preuve que Clarisse était bien vivante, entière. Le visage aussi angélique qu'avant. Elle dormait tout bonnement. Malgré la lumière vive qui inondait la pièce, les tuyaux qui barraient l'espace, les bruits environnants. Elle dormait. Et de loin, Lily s'était assurée qu'elle respirait encore. Si elle n'avait pas osé l'approcher, c'était par pudeur, sûrement. Comme si sa position de spectatrice la mettait mal à l'aise.

Quelques jours plus tard, lorsque Clarisse intégra le service de neurologie, la situation fut différente. Maintenant que sa sœur était réveillée, Lily allait pouvoir interagir avec elle. Lui dire à quel point elle avait eu peur. À quel point elle l'aimait et regrettait leur discussion du mois dernier. À quel point Clarisse avait raison et elle avait tort. Mais lorsque la convalescente tourna la tête dans sa direction, un sentiment d'effroi gagna Lily. L'éclat dans ses yeux. Était-ce possible qu'il ne brille plus comme avant ? Comme si ses pupilles s'étaient perdues dans le vide, qu'elles n'étaient plus capables d'accrocher les choses, de capter le regard. Deux billes vertes à la dérive.

– Clarisse ! Tu me reconnais ?

Elle s'en voulut d'avoir posé cette question. Loin d'elle l'envie de la fâcher ou de l'infantiliser. Mais le masque inexpressif qui lui faisait face la tétanisait. On aurait dit une poupée géante aux yeux mobiles. Celle des films d'horreur. Une Chucky inoffensive qui n'avait manifestement pas envie de la saluer, ni de répondre à son sourire. Après un temps de latence qui lui sembla une éternité, Clarisse finit par s'animer.

– Li… Lily ?

Deux syllabes hachées et hésitantes, prononcées d'une voix monocorde qui lui firent monter les larmes aux yeux. Ce timbre de robot, se pouvait-il que ce soit celui de sa sœur ? Sa mélodie, son rire, son vibrato, étaient-ils partis pour toujours ? Sa vivacité, sa malice – qui la caractérisaient tant. Sans elles, ce n'était plus Clarisse. Comme si son âme avait volé en éclats dans l'accident. L'émotion submergea Lily et elle eut soudain besoin de la toucher, de la respirer pour se rassurer. Lorsqu'elle la souleva en passant ses bras sous les siens et la serra contre elle, la poupée de chiffon se laissa faire et Lily réalisa que son odeur n'avait pas changé. La camomille dans ses cheveux, le savon de Marseille sur sa peau. Oui, pas de doute, c'était bien elle : sa petite sœur. Une vague de chaleur l'enveloppa et les larmes commencèrent à affluer. Elle qui ne s'était pas encore autorisée à craquer, ça lui tombait dessus comme un couperet. Un sentiment d'extrême tristesse que l'indifférence de Clarisse ne faisait que décupler. Pourquoi ne réagissait-elle pas à sa douleur ? Ne pleurait-elle pas ? Ne criait-elle pas sa rage ? C'était tellement horrible d'être dans cet état ! Quand ses jambes se dérobèrent, Lily libéra son étreinte et s'affaissa doucement sur le sol. À cet instant, elle ne désirait qu'une chose : disparaître et tout oublier.

Jusqu'à ce qu'un raclement de gorge rompe sa bulle. Depuis combien de temps la regardait-il ? Ce géant à la blouse froissée et au col débraillé qui s'approchait d'elle d'un pas nerveux. Lily leva la tête pour accrocher son regard. Des yeux doux aux reflets ambrés que sa présence semblait affoler.

– Je peux vous aider ?

Elle le dévisagea comme s'il venait de la planète Mars, puis secoua la tête pour toute réponse. Cheveux crépus dressés au-dessus de sa tête, petites lunettes rondes, taches de rousseur ponctuant ses pommettes brunes. Elle connaissait ce visage. De quoi emmêler encore plus ses esprits.

Pourquoi, des années après, choisissait-il ce moment pour refaire son apparition ? Et pourquoi lui ? Quel rôle jouait-il dans cette histoire ? S'occupait-il de Clarisse ?... Et quelle drôle de blouse !

– Venez avec moi... vous asseoir dans le bureau... Reprendre vos esprits, insista-t-il en s'accroupissant face à elle.

Ses yeux embués de larmes l'interrogèrent un instant puis plongèrent à nouveau derrière ses genoux. Pendant de longues minutes, il resta sans bouger. Elle sentit sa présence, son souffle aux effluves de café, l'huile de coco qu'il appliquait sur sa peau, sans autre trace de parfum.

– Un verre d'eau. Ça vous ferait du bien un verre d'eau...

Ce qui lui ferait du bien, c'est qu'il s'en aille ! Et pouvait-il arrêter avec ce vouvoiement stupide ! Ne l'avait-il pas reconnue ?

Lorsqu'il posa sa main sur son bras, elle fit un bond en arrière et se cogna contre la table de nuit.

– Je vais y aller, ça vaut mieux, répondit-elle sèchement.

Et, sans un regard vers lui, elle se releva et prit la direction de la sortie.

– Vous êtes sûre que vous ne voulez pas rencontrer un médecin ?

– Tu n'es pas médecin, toi ?

Sa question eut l'air de le surprendre.

– Pas encore, dit-il en se grattant la tête.

– Alors, non... je ne veux voir personne.

– Quelquefois ça fait du bien de discuter.

Faire du bien. N'avait-il que ces mots à la bouche ? Pour-

quoi s'intéresser à elle ? Et à son propre bien-être alors que sa sœur végétait dans un lit ?

Sur le pas de la porte, Lily jeta un dernier coup d'œil à la belle endormie avant de prononcer :

– Je suis trop bouleversée pour discuter…

L'étudiant leva son stylo comme s'il voulait la retenir.

– Au fait, qui es-tu ? La sœur de Clarisse ? On se connaît, non ?… J'aurais dû commencer par ça.

Et Lily hocha la tête, pas disposée à en dire plus.

– À demain, peut-être.

– Oui, à demain.

5

L'eau a coulé sous les ponts

Accoudée au bar, la tête dans le creux de sa main, Marie-Lou ne se lassait pas d'observer le manège d'Yvonne derrière son comptoir. Les paupières lourdes d'une semaine bien chargée, l'interne se demandait comment la tenancière faisait encore pour tenir debout. Obèse, fumeuse de gitanes, les jambes remplies d'œdème, Yvonne contrecarrait les lois de la nature. Toujours en train de faire trois choses en même temps. Jamais fatiguée. Jamais malade. Même pas un rhume !

– Que voulez-vous… je passe entre les mailles du filet ! disait-elle fièrement quand on cherchait à la plaindre.

Et Marie-Lou espérait que les mailles du filet la laissent tranquille encore longtemps tant elle aimait cette femme et cet endroit. Pour elle, *Le Gobe-mouches* n'était pas seulement un simple bar de quartier, mais un refuge. Voilà bientôt quatre ans qu'elle avait débarqué rue du Bois-d'Amour à Brest pour débuter son internat. Son point de chute : un appartement quelques étages plus haut avec Anna comme colocataire. Tout un monde qui s'ouvrait à elle pour ne plus la quitter. Anna était devenue sa meilleure amie, son cousin Matthieu l'homme de sa vie. Et ce bistrot – à l'ambiance aussi pittoresque que le nom – continuait à rythmer sa vie d'étudiante. Qui aurait cru que Marie-Lou, si sage et si sérieuse, puisse se complaire dans un endroit pareil ? Si peu sage et si peu sérieux. Peut-être lui donnait-il l'impression d'être hors du temps, loin du tourbillon de l'hôpital et des tracas du quotidien. Quel bien fou de s'asseoir sur ce tabouret – une fois le travail terminé –, d'observer Yvonne remplir les chopes de bière en criant à tue-tête « ras bord tribord » et d'entendre tout le monde répéter après elle ! Quel bien fou de ne rien faire, de ne penser à rien ! De gober les mouches et de rire comme si rien n'avait d'importance ! Et si – en quelques années – la vie des deux colocataires avait bien changé, si elles avaient fini par quitter l'appartement, voler de leurs propres ailes, le rendez-vous du vendredi soir au *Gobe-mouches* restait sacré. Chaque fois qu'Yvonne les voyait débarquer avec leur famille respective – Marie-Lou, Matthieu, leur fils Malo ; Anna, Gabriel, leur petit Andréa –, elle ne pouvait s'empêcher de s'écrier, les yeux emplis d'admiration :

– Mais qu'ils ont grandi, les chihuahuas !... Qu'ils sont beaux ! Venez m'embrasser !

– Malo et Andréa, rectifiait Matthieu en bougonnant dans sa barbe. Ce ne sont pas des chiens... Quand vas-tu enfin les appeler par leur prénom ?

– Vous, parents ? ajoutait-elle en leur pinçant les joues. De l'eau a coulé sous les ponts comme on dit, ça ne me rajeunit pas !

Ce soir-là, quand Marie-Lou se tourna vers le fond de la salle et observa, attendrie, ceux avec qui elle voguait sous les ponts – sans voir le temps passer –, cette expression lui revint à l'esprit. Matthieu et sa cousine Anna, en pleine conversation. L'un buté, l'autre passablement énervée. L'imperturbable Andréa, assis dans sa poussette, appliqué à manger sa chaussure. Malo, l'air victorieux, à califourchon sur Écume, les pieds gigotant dans le vide. Et le chien l'implorant du regard pour que le petit tyran le lâche enfin.

– Tu pourrais lui acheter un cheval à bascule plutôt que le laisser martyriser cet animal, se moqua Gabriel, venu s'asseoir à ses côtés.

– J'aimerais t'y voir, l'année prochaine, quand Andréa grimpera partout, soupira Marie-Lou.

– Pour l'instant, on n'en est pas là…

Sans lui demander son avis, Yvonne lui tendit une bière puis trinqua avec lui.

– Alors comme ça c'est ton frère qui vient d'emménager en haut ?

– Depuis quelques semaines, acquiesça Gabriel.

– Dans cet appart, c'est le jeu des chaises musicales !… Matthieu, Anna, Marie-Lou puis maintenant… Comment il s'appelle ?

– Evann, précisa Gabriel. Avec Anna, ils ont fait un échange. Elle est venue vivre avec moi et j'ai rendu la liberté à mon frère…

– Pour l'instant, en tout cas, il est discret comme garçon.

– Discret n'est pas forcément l'adjectif que j'emploierais, sourit Gabriel. Apparemment, tu n'as pas encore eu l'honneur de l'entendre jouer de la trompette.

– Un musicien ? s'enthousiasma Yvonne en frappant dans ses mains. J'espère bien qu'il nous fera un petit concert un de ces quatre !

– Au fait, comment ça se passe avec Evann ?... Il paraît qu'il s'est déjà fait remarquer, s'inquiéta Gabriel en se tournant vers Marie-Lou.

– C'est Anna qui t'a dit ça ? La prochaine fois, j'expliquerai à ma copine de tenir sa langue. Ce qui se passe à l'hôpital, c'est secret-défense !

– Désolé, j'ai juste peur qu'il fasse n'importe quoi, déclara l'aîné en se frottant le front. Avant, je l'avais à l'œil... Je lui servais de réveil, je vérifiais qu'il ait bien pris ses médicaments, qu'il ne sorte pas tous les soirs...

– Si tu veux, je peux faire la police ! gloussa Yvonne, qui – comme toujours – ne ratait pas une miette de la conversation. J'adore jouer les espionnes !

– Vous allez arrêter tous les deux ! s'énerva Marie-Lou. Je comprends mieux pourquoi il se comporte comme un ado attardé ! Gabriel, comment veux-tu qu'il se sente responsable si tu fais tout à sa place ?... Arrête de t'inquiéter pour lui ! Et fais-lui confiance !

– Je veux bien mais s'il redouble son année, je l'étripe !

– Ça tombe bien, moi aussi ! Et tu peux être sûr que je ne vais pas le lâcher !... Je lui ai même demandé de revenir travailler cet après-midi.

– Et il l'a fait ?

– Bien sûr ! Je l'ai menacé.

– Ha ha ha !... Merci.

– Non, ne me remercie pas. Je l'adore, ton frère... Et aujourd'hui, j'ai compris une chose qui m'a particulièrement touchée chez lui. (Gabriel fronça les sourcils et suspendit son verre à ses lèvres.) Il mélange tout : son rôle de bénévole pour distraire les patients et celui de médecin... Il n'a pas encore trouvé sa place. Et derrière sa carapace de je-m'en-foutiste et de fêtard de première, je crois qu'il a peur.

– Peur ?

– Peur des responsabilités, de la relation médecin-malade. Peur de souffrir, d'être submergé par son empathie... Je sais de quoi je parle, j'ai ressenti la même chose au début.

Gabriel plissa les yeux.

– C'est possible...

Et il savait que Marie-Lou n'était pas loin de la vérité. Leur enfance avait laissé des traces indélébiles. Une sensibilité à fleur de peau que son frère s'appliquait à masquer. Était-il vraiment paré pour exercer ce métier ? Avait-il tous les remparts nécessaires ? S'était-il déjà posé ces questions ? Le voilà qui traversait la rue justement, son étui à musique à la main. L'esprit ailleurs, Evann ne prêta pas attention au monde qui s'agitait à l'intérieur du bar et se dirigea rapidement vers la porte attenante pour pénétrer dans l'immeuble. Étaient-ce les reflets de la vitre qui déformaient ses traits ? Les propos de Marie-Lou qui tournaient dans sa tête ? Gabriel le trouva soucieux. D'habitude, son visage souriait tout seul ; mais là, il lui parut crispé. Et il se retint de monter pour en avoir le cœur net. Couper le cordon s'avérait plus difficile que prévu. Le tout était de lui faire confiance. Prendre la distance nécessaire. Et – comme dirait Yvonne – laisser couler l'eau sous les ponts et attendre gentiment que ça se passe.

6

Le kilt à carreaux

Evann n'avait pas encore refermé la porte qu'il se précipitait déjà à la recherche de sa boîte de médicaments. Deux gélules qu'il avala d'un trait – sans eau – en levant le menton pour les faire glisser plus facilement, avec le soulagement d'un policier qui enfile un gilet pare-balles. Quelle drôle de journée ! Depuis son réveil en fanfare dans cette chambre universitaire, il n'avait cessé de courir. Jusqu'à cette répétition de musique avec son Breizh Band dans un hangar du port où son corps l'avait rappelé à l'ordre et où il avait réalisé qu'il avait oublié son traitement du matin. Son cou s'était tendu comme un arc, sa main gauche s'était crispée sur sa trompette, puis son bras s'était élevé vers le ciel sans qu'il arrive à le contrôler. Un mouvement bref – quelques secondes tout au plus –, comme une crampe qu'on voudrait soulager. Un mouvement si anodin pour les autres et si terrifiant pour celui qui le subit. Evann avait eu bien du mal à contenir la boule de feu prête à exploser qui se propageait dans son corps. Combien de notes avait-il manquées ? Deux, trois ? Qui aurait pu se douter à ce moment-là qu'il venait de faire une crise d'épilepsie ? Une toute petite. Qui, à l'instar des tremblements de terre, précède souvent une grosse. Et c'était la réplique qu'il redoutait. Celle où tout s'arrête, où son corps tombe comme un sac puis se contorsionne. Où le mal se révèle au grand jour, où il ne peut plus faire semblant. Souffler dans l'instrument l'avait aidé à se calmer et il avait attendu la fin du morceau pour s'éclipser en prétextant un rendez-vous urgent.

– *Sehr sehr wichtiges!* avait-il ajouté pour les aiguiller en s'efforçant de rire.

– N'oublie pas le concert de ce soir, on compte sur toi !

– Promis ! Ma trompette arrivera à l'heure…

– Entre-temps : pas trop de folies avec ton instrument !

Allait-il devoir tricher toute sa vie ? S'efforcer de rire et faire comme si de rien n'était ? Comme si cette fichue épée de Damoclès n'était pas là, en permanence, au-dessus de sa tête ? Evann croqua dans un morceau de baguette rassie de la veille puis s'assit en tailleur au milieu des cartons. Sa bonne humeur définitivement perdue, il se dit qu'il était grand temps de changer de tee-shirt. Grand temps de modifier sa manière de vivre. Et grand temps de déballer les cartons qui envahissaient le salon ! Si Giagiá, sa mère adoptive, découvrait ce capharnaüm, elle aurait une crise cardiaque ! Malgré ses suppliques, il s'était bien gardé de lui donner les clés. Pas question que l'octogénaire fantasque reproduise les petites habitudes qu'elle avait prises lorsqu'il habitait avec son frère : remplir en douce le frigidaire, plier son linge, fouiner dans ses affaires. Non merci !

Il ferma les yeux puis inspira un grand coup. Trois semaines qu'il avait emménagé et qu'il continuait à squatter l'appartement comme s'il n'avait pas le droit d'y être. Pour lui faciliter les choses, Anna lui avait laissé ses meubles, sa vaisselle, ses draps. Il n'avait plus qu'à disposer ses affaires sur les étagères, sortir ses habits de la valise pour se considérer chez lui. Il n'avait plus qu'à… mais pourquoi ne se décidait-il pas à le faire ? Combien de nuits avait-il dormi dans son lit ? Combien de repas avait-il préparés ? Combien d'amis avait-il invités ? Ces derniers mois, si la cohabitation avec Gabriel était devenue difficile, s'il était parti plusieurs fois en claquant la porte, réclamant son indépendance, pourquoi n'assumait-il pas maintenant qu'il avait atteint son but ? « Grandis un peu, arrête de fuir tes responsabilités », l'avait nargué Marie-Lou. Et il enrageait de lui donner raison.

Dès demain, promis, il rectifierait le tir ! Et le tir le conduirait direct en neurologie – chambre 32 – auprès de celle qu'il ne s'était pas autorisé à examiner : Clarisse Joyeux. Avant la crise, elle et sa sœur occupaient toutes ses pensées. Ou plutôt une idée qui méritait d'être vérifiée. Cette fille à la combinaison à fleurs, il l'avait déjà vue quelque part. Mais où ? Et comment se faisait-il qu'il ne s'en souvienne pas ? Il se mit à déplacer les caisses autour de lui, à les ouvrir, les vider. À tout étaler, tout mélanger, à la recherche d'albums photo. Pourvu qu'il ne les ait pas laissés chez ses parents ! Ce fut le dernier carton – enfoui sous les autres – qui finit par lui donner satisfaction. Deux gros classeurs qui retraçaient son enfance. Sa deuxième enfance – celle qui avait commencé à deux ans – car de la première, il n'en avait aucune trace. Où se cachait-elle, cette fille ? Plus il feuilletait les clichés, plus il comprenait que la probabilité de la trouver était faible. L'avait-il croisée en vacances ? Côtoyée en cours de musique ? Rencontrée au supermarché ? Au ciné ? En tout cas, il n'avait pu la croiser à Ouessant. Car aussi incroyable que ça puisse paraître pour un Brestois, il n'y avait jamais mis les pieds. Sa seule certitude pour l'instant !

Dépité, il jeta l'album devant lui. Un visage comme le sien, mangé par de grands yeux bleus, ça ne pouvait pas s'oublier ! Et s'il l'avait séduite à une soirée ? L'inquiétude l'envahit soudain. S'il s'était mis à lui parler allemand ? À lui raconter n'importe quoi ? Il se pencha en avant et prit sa tête dans ses mains. Et c'est là qu'il l'aperçut enfin. Premier rang, deuxième en partant de la gauche. La seule qui regardait ailleurs et qui ne souriait pas au photographe. Arc-en-ciel au milieu des habits noir et blanc. Grosses lunettes en écaille. Longue natte rousse retombant sur son épaule. Chemisier vert à col rond. Kilt à carreaux retenu par une épingle de nourrice. Mains jointes aux doigts entrelacés. Le regard d'Evann s'illumina enfin, comme s'il venait de résoudre une enquête et trouver le coupable : Lily l'Écossaise. Seconde B avec M. Carlot comme prof principal. Il s'approcha du cliché et plissa les yeux. Vraiment pas évident comme rapprochement ! Et pourtant, ses petites taches de rousseur sur sa peau diaphane, son nez fin, sa bouche mutine, sa chevelure aux reflets cuivrés, pas de doute, c'était bien elle. Et le nom Joyeux en bas de la photographie vint confirmer sa déduction. Il se concentra pour activer sa mémoire, mais peu d'images lui revenaient à l'esprit : une fille studieuse, discrète, un peu sauvage, un peu artiste, qui ne s'intéressait pas le moins du monde aux garçons. Faut dire qu'à l'époque lui et sa bande ne faisaient pas dans la dentelle et ils n'avaient pas manqué de railler son style vestimentaire – comme tout ce qui ne rentrait pas dans le moule, d'ailleurs. D'où le surnom qui lui avait collé à la peau durant tout le lycée pour un kilt qu'elle n'avait porté qu'une fois : le jour de la photo de classe. Evann fit la grimace. L'idée qu'elle puisse lui en tenir rigueur le mit mal à l'aise.

Lily paraissait si bouleversée tout à l'heure et si hostile à l'idée de rester en sa compagnie. Evann l'avait regardée partir en se grattant la tête. Pourquoi avoir accepté de revenir le lendemain ? Un samedi en plus ! S'occuper des familles des patients ne faisait pas partie de ses attributions. Et même si un tel investissement lui valait les compliments de Marie-Lou, il n'était pas censé faire le pied de grue dans le service tous les après-midi. Mais quel idiot ! Tous ses plans pour demain qui partaient en fumée ! Il allait devoir inventer une sérieuse excuse pour abandonner ses partenaires de beach-volley et préférer l'hôpital à la plage. Une excuse plus crédible que celle de retourner travailler !

La photo de classe de seconde B, avec les grosses moustaches grises de M. Carlot au premier plan, eut l'honneur d'être le premier objet à trôner sur les étagères du salon. Le reste, Evann le laissa en plan. De toute façon, il serait bien obligé de ranger, maintenant qu'il avait tout sorti. Il enfila sa tenue de scène : une veste noire en jean cintrée et un tee-shirt blanc avec une grosse langue rouge pour défier son public. Grimace qu'il ne manqua pas de reproduire devant la glace tout en peignant ses cheveux pour que sa coupe afro prenne encore plus de volume. Direction : le port du Moulin-Blanc. Le patron du *Cargo* avait pris l'habitude d'engager le Breizh Band de la faculté de médecine pour animer l'apéro du vendredi soir et il savait qu'avec ces oiseaux de nuit-là, le concert s'éterniserait jusqu'à la fermeture.

Evann remontait la côte de la rue du Bois-d'Amour, son vélo à la main, quand son frère le héla depuis la porte du *Gobe-mouches*.

– Attends ! Tu as le temps de prendre un verre ?

– C'est offert par la maisooooon ! s'égosilla Yvonne de l'intérieur, afin que toute la rue puisse l'entendre.

Le trompettiste s'approcha du bistrot, intrigué. Oui, c'était bien Marie-Lou, accoudée au comptoir. À croire qu'elle le poursuivait ! Il la salua d'un hochement de tête puis aperçut un peu plus loin Anna, Matthieu et les enfants. Si on l'avait déjà prévenu que cet endroit était leur Q.G., pourquoi le réalisait-il seulement aujourd'hui ?

– C'est gentil, mais le groupe m'attend…

– Viens manger demain midi alors ! insista Gabriel.

– Dimanche plutôt car demain je dois repasser dans le service… Je n'ai pas pu finir mon observ.

– Un samedi ? s'étonna son frère en se tournant vers Marie-Lou.

Laquelle écarta les mains, déclinant toute responsabilité.

– Oui… Vu la tonne de choses à apprendre en neurologie, je me suis dit que les week-ends ne seraient pas de trop, répondit-il en adoptant un air grave de circonstance.

Expression qui changea dès l'instant où il eut le dos tourné. Un sourire satisfait se dessina sur son visage qu'il garda tout au long du trajet vers le port du Moulin-Blanc. La tête qu'ils avaient faite, ces deux-là. Il lui en avait mis plein les yeux, à sa chef ! Cette phrase était sortie toute seule. Bien choisie, placée comme il fallait. Il pouvait être content de lui. Combien de points venait-il de gagner ? Si elle ne validait pas son stage après ça ! Et il brandit son poing au-dessus de sa tête en signe de victoire.

7

Touché, coulé

Lily avait rasé les murs en pénétrant dans le service pour ne croiser personne. Si elle avait pu attendre que la nuit tombe – sans l'agitation, le défilé des blouses blanches et sans le moindre risque de tomber sur Evann Kostas –, elle l'aurait fait. Que le monde était petit ici ! Vivre dans une capitale loin de chez elle lui avait fait oublier l'effet de surprise engendré par les rencontres impromptues. Elle appréciait la foule anonyme des grandes villes et la sécurité que cela lui procurait. Surtout en ce moment où elle n'avait aucune envie de partager sa douleur. N'était-ce pas assez éprouvant de revenir à Brest dans ces conditions ? De se retrouver à l'hôpital ? De voir sa sœur dans cet état ? Il fallait, en plus, qu'elle se coltine le cador du lycée ! Le genre de rencontre dont elle se serait bien passée ! S'il croyait que son uniforme le rendait plus sympathique à ses yeux, Kostas se trompait complètement. Son air d'ado attardé lui collait à la peau et son rictus moqueur n'était sans doute pas très loin. Qu'il puisse s'occuper de Clarisse – même s'approcher d'elle – la mettait hors d'elle.

Pourquoi lui avait-elle laissé entrevoir qu'elle reviendrait aujourd'hui ? Qu'il ne se mette pas en tête qu'elle lui avait donné rendez-vous ! À travers la porte entrouverte, Lily l'aperçut en train de mordiller son stylo, absorbé par la lecture d'un dossier, et fit un pas sur le côté pour continuer à l'observer à son insu. Il n'avait pas changé, à part ses petites lunettes rondes qui lui donnaient un air faussement sérieux. Evann Kostas serait-il capable de tenir en place sur une chaise plus de cinq minutes sans perturber la classe ? N'avait-il pas réussi l'exploit d'être reçu en médecine ? Face à tant de concentration, le moment lui sembla idéal pour traverser le couloir sur la pointe des pieds – des petits pas nerveux et rapides de mouette affolée – jusqu'à atteindre sa cible : la porte 32. Porte qu'elle ouvrit brusquement sans frapper comme si elle était pourchassée par un dangereux malfaiteur. Et lorsqu'elle reprit son souffle, le dos plaqué contre le chambranle, elle se demanda si ce n'était pas elle, l'ado attardée. Une idée qui la fit sourire, comme le tableau qui lui faisait face.

Clarisse éveillée, assise droite sur son fauteuil, les cheveux peignés sous l'épais bandage qui ceinturait son crâne. Pourquoi n'avait-elle pas sursauté quand Lily avait fait irruption dans sa chambre ? Pas même détourné le visage ? La visiteuse s'avança prudemment comme si elle craignait une réaction de surprise. Les stores à moitié fermés striaient sa silhouette pour se confondre avec les lignes de sa marinière. Quelle émotion de la voir habillée ! Même avec son vieux jean délavé trop large et ses baskets en toile usées, un morceau de sa sœur venait de refaire surface.

– Bonjour, Clarisse… Je suis contente que tu sois sortie de ton lit, déclara-t-elle d'un ton enjoué.

Mais son sourire n'eut aucune réponse. Clarisse inclina légèrement sa tête sans parvenir à accrocher son regard. Elle restait les mains jointes sur ses genoux et fixait un point sur le mur. Un point qui semblait l'hypnotiser. Lily, mal à l'aise, tenta d'entamer la discussion. Elle commença par lui demander ce qu'elle ressentait – là maintenant –, si elle avait mal, si elle était angoissée. Mais elle comprit que c'étaient ses propres émotions qu'elle voulait lui prêter. Le fantôme de sa sœur, lui, ne réagissait pas. Clarisse végétait, la bouche ouverte et trouvait ça normal de rester murée dans le silence. Qu'est-ce que ça pouvait bien lui faire ? Lily ressentit soudain le besoin de la secouer, de la brusquer, de lui crier que ce n'était pas sorcier d'aligner des mots, de répondre à ses questions. Une colère qu'elle essaya de contenir en ravalant ses larmes car ce n'était pas contre sa sœur qu'elle rageait, mais contre elle-même. Contre son impuissance. Quels mots pourraient la faire sortir de sa torpeur ? Quelle formule magique ?

Lily prit une chaise pour s'installer au même niveau qu'elle – les yeux dans les yeux. Elle resta à la regarder un long moment puis continua son monologue. Plus lentement, avec une voix plus calme, moins fébrile. Pas de questions, cette fois. Des phrases avec des virgules et trois petits points à la fin pour laisser place aux silences et lui donner la possibilité de rebondir. Était-ce une vue de l'esprit ou un phénomène s'était bien produit quand elle avait évoqué Ouessant ? Pour la première fois, elle sentit une accroche. Comme lorsqu'elle créait un parfum et qu'elle trouvait une odeur accroche-nez capable de captiver en quelques secondes. Clarisse lui donna l'impression de lire sur ses lèvres, de tenter de déchiffrer ses mots et parfois même de chercher à s'exprimer sans qu'aucune phrase parvienne à sortir. Juste une syllabe murmurée. Une syllabe qui revenait en boucle : Li… ly. Comme s'il y avait un barrage entre son cerveau et sa bouche, que ses idées restaient coincées à l'intérieur. Avait-elle besoin de souvenirs pour guérir ? Besoin de rester connectée avec son île ? Ses racines ? Clarisse attendait que le temps passe et que son cerveau cicatrise. Et comment cela cicatrisait, un cerveau ? Voilà bien une question que Lily ne s'était jamais posée. C'était sûrement plus long et plus complexe qu'une simple croûte sur une plaie.

– Je dérange ?

Une blouse débraillée fit son apparition dans l'embrasure de la porte. Celle que Lily avait presque réussi à oublier.

– J'allais partir de toute façon, répondit-elle en regardant par la fenêtre.

– La sortie, c'est par ici, ajouta-t-il, amusé, en lui montrant le couloir.

– Je sais, merci.

– On pourrait se voir ?… J'aurais quelques questions à te poser.

– Et si je n'ai pas envie d'être interrogée ?

– Alors je comprendrais, dit-il, visiblement surpris par sa froideur.

Et il resta sans bouger à la regarder embrasser sa sœur, prendre son sac, franchir le seuil de la porte puis s'éloigner dans le couloir sans un regard vers lui. Et retournement de situation, sa direction changea. Il la vit pénétrer dans le bureau des internes puis s'asseoir à la table – la même qu'il occupait quelques instants plus tôt – en croisant les bras sur sa poitrine. Une invitation à la rejoindre sûrement.

– Evann Kostas, je doute que tu te souviennes de moi, trancha-t-elle, le visage fermé.

Il prit place en face d'elle et croisa les bras à son tour en adoptant le même air boudeur, comme si elle le provoquait en duel et qu'il se devait de répliquer.

– Lily Joyeux, seconde B, petit imperméable vert, pince crabe dans les cheveux, carton à dessin sous le bras, le nez toujours en l'air, c'est assez précis à ton goût ? déclara-t-il d'une traite sans reprendre sa respiration.

Elle plissa les yeux, troublée. *Ce qu'il pouvait être agaçant !*

– Tu t'occupes de Clarisse ?

– Pas vraiment, je suis en stage ici pour quelques semaines… On m'a demandé de l'examiner et de faire un rapport sur elle.

– Tu veux dire, comme un cobaye ?

– Quoi ?… Non, comme une patiente ! s'indigna-t-il. Tu me prends pour un monstre ? (Elle baissa la tête.) J'ai besoin que tu me parles de Clarisse, de son mode de vie, son entourage, ses goûts, ses loisirs.

– Pourquoi ?

– Pour mon rapport… J'imagine que plus l'équipe la connaîtra, plus elle sera en mesure de la soigner.

– La soigner ?… Ça se soigne comment, un cerveau ?

Il sembla surpris par sa question.

– Justement, je suis ici pour percer ses mystères.

– Je veux dire… Ça cicatrise comment ? Est-ce que les plaies se referment ?

– Pas vraiment… Ce n'est malheureusement pas aussi simple que la peau. Le cerveau ne repousse pas tout seul. Il serait plastique, à ce qu'il paraît.

– Plastique, répéta-t-elle, peu convaincue.

– Cela sous-entend qu'il est capable de se remodeler, si on le stimule et le fait travailler.

– Dans une chambre d'hôpital ?… Devant un mur blanc, une fenêtre derrière laquelle il ne se passe rien ? Sans odeurs, sans couleurs ? Comment crois-tu que ce soit possible ?

Lily avait crié, pleine de colère, les larmes au coin des yeux. Et l'instant d'après, elle s'en était voulu d'avoir craqué, d'avoir montré des signes de faiblesse. Et lui qui la dévisageait comme un animal de foire, d'un air faussement compatissant. Comme s'il était capable de percevoir sa douleur ! Lui qui n'avait plus rien à dire. Qui savait pertinemment qu'elle avait raison. Touché, coulé.

8

L'homme aux écouteurs

La semaine suivante, Evann était revenu tous les après-midi. Une décision qu'il avait prise seul, sans que personne ait à le persuader. Et le pire, c'est qu'il y prenait goût ! Comme lorsqu'il avait commencé la trompette, il s'apprêtait à abandonner et il avait réussi à sortir ses premiers sons.

– Dis donc, tu fais du rab, l'avait nargué un des internes qui passait par là. Une passion pour la neuro peut-être ?

– Quelques absences à rattraper plutôt, si je veux que mon stage soit validé !

– Le principal, c'est de se réveiller à temps !

Une histoire de déclic sûrement. Accompagner Marie-Lou quand elle accueillait une nouvelle entrée revenait à prendre des cours particuliers et il avait l'impression de progresser de jour en jour. Tout paraissait plus simple avec elle, sans cette gêne de se retrouver seul face au malade. Depuis l'épisode au *Gobe-mouches*, son regain d'intérêt pour la neurologie avait surpris Marie-Lou, mais elle se gardait bien de faire des commentaires. Ce qu'elle percevait de rare chez lui, c'était la chaleur humaine qu'il dégageait, la facilité de contact avec les gens, l'empathie qui débordait parfois. Elle l'avait pressenti depuis le début, cet étudiant était une pépite en devenir. Une bulle de douceur et de bienveillance. Et si l'essentiel était déjà inné, il fallait juste qu'il se décide à travailler ! L'interne n'en démordait pas : Evann présenterait le cas de Clarisse à la grande visite, vendredi prochain. Même si cette patiente le mettait mal à l'aise – sa jeunesse, les difficultés pour entrer en contact avec elle –, la seule façon de le faire avancer était de le pousser dans ses retranchements. Comment décrire son état avec des mots scientifiques ? L'étudiant peinait à rédiger son observation. Clarisse était éveillée et absente à la fois, extrêmement lente dans ses propos – voire mutique parfois – avec un détachement qui l'effrayait un peu, une perplexité et un calme qui donnaient l'impression qu'elle ne se rendait pas compte de la situation. Comment pouvait-il le raconter avec le vocabulaire adéquat ? Marie-Lou avait pris le temps de l'aider. Elle lui avait expliqué le syndrome frontal, l'anosognosie, l'apathie, la fluence verbale. Autant de mots complexes qui lui permettaient de percer un peu mieux les mystères du cerveau. À chaque zone, sa fonction. Compartimenté comme une caisse à outils, cet organe lui donnait du fil à retordre. Clarisse avait tant de choses à lui apprendre. Loin de lui l'idée de la considérer comme un cobaye, comme Lily l'avait suggéré. Mais s'il ne la comprenait pas, comment pourrait-il l'aider ? Et n'était-ce pas secrètement la mission qu'il s'était donnée ? Son stage ne se ferait pas sans elle. Pas sans qu'elle se réveille !

Evann s'inquiétait de ne pas revoir Lily dans la chambre. Mais peut-être cela valait-il mieux s'il voulait rester concentré. Quel caractère, cette fille ! Une vraie tornade ! Lui qui se souvenait d'elle timide et effacée ! Leur dernière rencontre l'avait totalement chamboulé. Pourquoi l'avait-elle agressé ainsi ? À croire qu'elle le considérait comme un psychopathe ! Qu'elle le tenait pour responsable de l'accident de sa sœur ! Et, aussi étrange que cela puisse paraître, il n'éprouvait aucune rancœur. Ce visage angélique et cruel à la fois, cette détresse, ce regard translucide, comment pouvait-il rester indifférent ? Jamais il n'aurait pensé être aussi troublé ! Lorsqu'il la revoyait s'éloigner, la tête haute, la démarche chaloupée, dans sa robe à fleurs légère aux lignes affolantes, il avait envie de lui courir après pour s'excuser. Mais s'excuser de quoi ? D'exister ? De porter une blouse ? Faisait-elle exprès de l'éviter ? Il se demandait vraiment où elle avait bien pu disparaître. Une réponse que lui donna, quelques jours plus tard, un garçon venu rendre visite à Clarisse.

Assis face à elle, dos au mur. Cheveux bruns rasés sur le côté, brosse travaillée sur le dessus, écouteurs vissés sur les oreilles, regard perdu dans le vide. Ces deux-là avaient manifestement bien du mal à se parler. Quand Evann s'avança pour serrer la main du visiteur, il dut attendre d'être dans son champ de vision pour qu'il daigne réagir :

– Hum… Hugo, un ami de Clarisse.

– Evann, étudiant en médecine.

– Je vais sortir.

– Non, reste !… Ça te dérangerait de me parler d'elle ?

Le jeune homme acquiesça, soudain mal à l'aise. Et même s'il n'avait pas de syndrome frontal, ni d'autres troubles neurologiques, lui tirer les vers du nez s'avéra très compliqué. Presque aussi difficile qu'avec Clarisse ! Une certaine gêne et timidité sans doute, mêlées à une extrême pudeur. « C'est pas faux », répétait-il sans cesse en se passant la main dans les cheveux. Et au milieu des « c'est pas faux », Evann réussit tout de même à collecter quelques indices : l'homme aux écouteurs nouait un lien fort avec Clarisse depuis toujours. Et même s'il ne l'exprimait pas comme ça, l'étudiant le décoda rapidement. Plus qu'un ami, ce jeune homme faisait déjà partie de la famille. Et la mère de Clarisse ? Voilà bien la première fois qu'il entendait parler d'elle. Pourtant, elle semblait jouer un rôle important dans sa vie. Son mari disparu en mer prématurément, la matriarche avait dû élever seule ses deux filles et reprendre l'affaire familiale. Une entreprise de plomberie qu'elle gérait maintenant en duo avec Clarisse.

– C'est étrange, je ne l'ai jamais vue à l'hôpital, s'étonna Evann.

– Normal… Elle ne quitte jamais l'île.

– Jamais ?

– Non. Elle compte sur Lily et moi pour avoir des nouvelles.

– Et Lily ?… Elle est à Brest en ce moment ?

Evann regretta sa question. En quoi ça le regardait ? Pourtant, c'était plus fort que lui : il devait savoir.

– Non, elle est rentrée à Ouessant pour quelques jours. Elle n'y reste jamais longtemps de toute manière.

– Elle n'habite pas sur l'île ?

Hugo sourit pour la première fois.

– Lily ? Non, elle étouffe là-bas… Sa mère l'appelle l'oiseau migrateur de la famille ! On a du mal à la suivre, mais elle finit toujours par revenir à un moment ou un autre !

Au tour d'Evann d'être amusé. Voilà qu'Hugo progressait et se mettait à faire des phrases de plus en plus longues. Peut-être finirait-il un jour par ôter son casque !

– Et l'oiseau migrateur va-t-il revenir sur le continent ?

Hugo hocha la tête.

– J'ai l'impression qu'elle lui prépare quelque chose. Elle a fouillé sa chambre, retourné le grenier et parcourt toute l'île à vélo, je ne sais pas ce qu'elle cherche… Avec Lily, on peut s'attendre à tout.

– C'est pas faux, confirma Evann, le sourire aux lèvres, avant de se retourner vers la jeune femme qui ne les quittait pas des yeux depuis tout à l'heure. Au fait, tu sais que tu peux lui parler ?

– À Clarisse ?

– Oui.

– Je n'osais pas. Est-ce qu'elle nous entend ?

Evann lui fit signe d'abaisser ses écouteurs et de s'avancer vers le lit. C'était comme s'il avait besoin de les présenter l'un à l'autre, comme s'ils n'arrivaient pas à faire le premier pas alors qu'ils se connaissaient depuis toujours. À sa vue, Clarisse cligna des yeux. À croire qu'elle ne l'avait toujours pas remarqué. Ce n'était pas le rôle de l'étudiant de prendre la main du garçon et de la poser sur celle de sa patiente. Ce n'était pas son rôle mais – à ce moment – il trouva juste et nécessaire de le faire. Et l'émotion suscitée par ce geste le déstabilisa. Désormais, Clarisse n'était plus seule dans son lit face au mur. Plus besoin d'écouteurs, Hugo s'était connecté à elle.

9

L'oiseau migrateur

Dans le bateau qui la ramenait sur l'île, la colère de Lily s'était muée en profonde tristesse. Les paroles d'Evann tournaient dans sa tête comme les tourbillons du Fromveur, courants tant redoutés à cet endroit. « Le cerveau ne repousse pas tout seul, il est capable de se remodeler si on le fait travailler. » L'image d'une éponge lui venait à l'esprit. Une éponge gonflée par la mer et toute sclérosée si on la sortait de l'eau. Comme le cerveau de Clarisse en ce moment. Comment pouvait-elle récupérer si elle restait enfermée entre quatre murs ? Elle, si libre, si sauvage, avec toujours le nez dehors ! C'était sûr, elle allait s'éteindre à petit feu et ce masque inexpressif envahirait à jamais son visage. Lily s'appuya sur la rambarde et laissa son regard se perdre vers l'horizon. Ce fil scintillant où le bleu changeait de teinte, entrecoupé par les rochers de l'archipel de Molène et le phare de Kéréon. Secouée par la houle, la jeune femme avait perdu toute trace de confiance et d'optimisme. Et ce n'était pas le roulis du bateau qui la rendait nauséeuse, mais les sombres nouvelles qu'elle s'apprêtait à délivrer à sa mère.

Sur le port du Stiff, Lily repéra sa silhouette massive en salopette bleue, adossée à sa camionnette et la fixa comme si elle tenait un cap. Avec son mètre quatre-vingts, ses épaules larges, sa coupe à la garçonne et son front décidé, Fanny Joyeux semblait si solide. Si résistante aux tempêtes de la vie. De loin, on aurait pu la prendre pour un homme. Mais plus le quai se rapprochait, plus ses formes sculptaient sa salopette, plus ses traits devenaient fins et ses yeux vifs surmontés d'un éventail de cils blonds cherchaient les siens.

En montant la côte vers le village de Lampaul, la conductrice ne tarda pas à réagir aux déclarations de sa fille.

– Je ne comprends pas… Pourquoi tu n'as pas ramené Clarisse à la maison ?

– J'y ai pensé, crois-moi… mais les infirmières doivent faire des soins sur sa cicatrice. Pour l'instant, Clarisse est encore trop faible pour sortir de sa chambre mais bientôt elle va avoir de la kiné, de l'orthophonie. Tout un programme !

Fanny secoua la tête, le front soucieux et les deux mains crispées sur le volant. Ce n'étaient pas des compétences du service dont elle doutait, mais des capacités de sa fille à rester loin de son île. N'étaient-elles pas pareilles toutes les deux ? Comme les abeilles noires d'Ouessant, elles ne se plaisaient qu'ici. Dans cet isolat à vingt kilomètres de la côte, à l'abri des pollutions et des pesticides. À l'abri du monde. Là où l'on avait le temps de vivre, de faire les choses simplement. Là où l'on se *bisait* une fois puis on se disait « tu ».

– Je la connais, ma fille ! Sans ses repères, elle est perdue… Elle n'a connu que l'île depuis sa naissance.

– La faute à qui ? Si tu nous avais fait voyager, les choses seraient différentes, s'indigna Lily qui cherchait un bouc émissaire.

– C'est un choc pour elle ! Un double traumatisme !… Et si on ne lui donne pas l'envie de se réveiller, elle va mourir. Tu entends ?

– Oui, j'entends ! cria Lily encore plus fort. Et tu proposes quoi ?

Fanny décéléra en entrant dans le village et prit à droite en direction du phare du Créac'h. De quoi aurait-elle besoin à la place de Clarisse ? Elle, qui lui ressemblait tant ! Fanny réfléchit à toutes les choses qui pourraient lui manquer. Hugo, Sambello, mais encore… La mer, les paysages pelés par le vent, les odeurs iodées. Voilà ce dont Clarisse aurait besoin pour guérir. Un cocktail de sens capable de la réveiller. Son visage s'illumina en se tournant vers Lily.

– Je crois que j'ai une idée…

Ce nectar. Qui d'autre que son oiseau migrateur serait capable de le reproduire et de le mettre en bouteille ?

Très vite, Fanny avait su que la petite Lily avait un don. Qu'une quatrième dimension agrandissait son univers.

Celle des odeurs. Un bouquet olfactif qu'elle aimait décortiquer, analyser, classer. Des parfums qu'elle mettait dans un coin de sa tête et qu'elle parvenait à sentir juste en se les remémorant. Chaque endroit, chaque chose, chaque personne passait au crible et restait gravé en elle. Il lui arrivait parfois de remarquer la présence de quelqu'un avant de le voir ou même de savoir qu'il était passé par là quelques minutes auparavant.

– Lily a le flair d'un chien… un petit chien truffier, l'avait taquinée son père – fier de sa comparaison – et son air boudeur l'avait encouragé à enfoncer le clou : je vais en toucher un mot à la gendarmerie. Elle pourrait peut-être t'embaucher à l'arrivée du bateau pour renifler les bagages…

Et quand il avait disparu en mer quelques mois plus tard, la fillette s'en était voulu de ne pas l'avoir senti. L'avenir n'avait pas d'odeur malheureusement. Elle avait continué en secret à collectionner ses nectars comme on l'aurait fait avec des cartes Panini. Si elle n'avait rien lu sur le sujet – elle ne savait pas lire de toute façon –, les cases étaient déjà toutes faites dans sa tête. Pas le vocabulaire habituel des experts mais des mots simples et instinctifs : les fleurs, les arbres, les cailloux, la mer, les senteurs animales, les odeurs de nourriture, celles de l'intérieur des maisons. Et quand le vent lui apportait une nouvelle senteur – celle d'une punaise écrasée ou du miel sauvage par exemple –, elle s'amusait à la suivre pour l'approcher de plus près, se disant qu'habitant sur une île, elle ne pourrait s'égarer trop loin. Elle n'émettait jamais de jugement de valeur. Pour elle, il n'y avait pas de bonnes ni de mauvaises odeurs : elle se plaisait aussi bien à humer le varech séchant sur le rivage ou le purin en période d'épandage. Mais une odeur avait le pouvoir d'adoucir tous ses chagrins. Une seule. Celle de la mer. Changeante selon les marées, l'orientation des vents, les saisons. Emplie d'iode, de sel, de goémons, où elle décelait même le parfum du sable mouillé, des oyats et de l'herbe tendre qui bordait les falaises.

– T'es complètement folle, réagit Lily aux paroles de sa mère en voyant se dessiner au loin les rochers de la pointe de Pern. Complètement zinzin !

Et la conductrice souriait, contente de sa trouvaille et de l'effet qu'elle suscitait.

– Pourtant, c'est tout simple. Si Clarisse ne peut pas bouger, c'est l'île qui doit venir à elle !… Tu comprends ?

Mettre Ouessant en bouteille ! Rien que ça ! Qui d'autre que son originale de mère pouvait avoir une idée pareille ? Preuve qu'elle était solide, Fanny ! À chaque problème, sa solution. Depuis que Lily était petite, elle la regardait avec ce même regard empli d'espoir et de fierté. Comme si elle était capable de tous les miracles. Selon sa mère, elle serait la digne descendante des prêtresses païennes qui vivaient jadis à Ouessant – celles qui s'étaient pétrifiées au milieu de la lande de la pointe de Pern. Et si Fanny l'avait laissée partir au lycée à Brest, si elle avait fait des économies pour lui payer ses études à Paris, c'était qu'elle croyait en elle.

En son pouvoir magique. Son oiseau migrateur était trop avide de nouvelles odeurs, d'exotisme pour rester ici. Il devait parcourir le monde, percevoir sa diversité. Et ce n'est qu'une fois ses narines saturées que Lily aurait envie de revenir. Que lui demandait-elle aujourd'hui ? De s'arrêter un instant. Juste une courte escale pour respirer à pleins poumons et puiser dans ses souvenirs. Lily sonda le regard insistant de sa mère puis détourna la tête et posa sa tempe contre la vitre. Ce rocher au loin, c'était le sien. On aurait dit une femme marchant la tête courbée, luttant contre le vent. Une prêtresse païenne sûrement. C'était Clarisse qui le lui avait attribué un jour où elles couraient toutes les deux dans la lande. Elle se rappela son corps sautillant, son rire sincère et balaya de la main une larme qui coulait sur sa joue. Mettre Ouessant en bouteille. Cette idée était peut-être complètement folle, irréaliste, mais Lily se devait d'essayer.

10

Comme une encre qui s'efface à la lumière

Lily n'aimait pas particulièrement s'aventurer dans l'écurie. Un endroit sombre et poussiéreux dans lequel elle ne s'était jamais sentie très à l'aise. Sans compter les mouches qui grouillaient. L'odeur de crottin et de paille qui lui piquait le nez. Tout un monde qui appartenait à Clarisse et qu'elle n'avait pas vraiment cherché à connaître. Avec appréhension, elle s'approcha du seul animal qui occupait les lieux. Sa tête hors du box, Sambello jouait les statues. La jeune femme se demanda ce qu'il pouvait bien penser en ce moment. Avait-il le moindre souvenir de l'accident ? S'inquiétait-il de l'état de sa cavalière ? Ou vivait-il dans l'instant présent ? S'intéressant uniquement aux morceaux de pommes qu'il recevrait aujourd'hui. Quand elle caressa son front et fit glisser ses doigts jusqu'à ses naseaux, il n'eut pas la moindre réaction. Même pas un frétillement d'oreilles ou un clignement de paupières. Comme si un masque de cire figeait ses traits, à lui aussi. Lily admira les nattes aux rubans entrelacés qui pendaient le long de son encolure et elle n'eut aucun mal à imaginer l'application de sa sœur à jouer les coiffeuses. Quelle serait sa réaction en retrouvant Sambello ? Est-ce que cela lui ferait plaisir ou ressentirait-elle une appréhension à l'approcher ? À le monter de nouveau ? Même si elle ignorait les circonstances réelles de l'accident, Lily éprouvait une certaine rancœur vis-à-vis de l'animal. Elle ne pouvait s'empêcher de penser que rien ne serait arrivé sans lui. Un ressentiment que le cheval perçut au contact de sa main car il détourna la tête pour couper court aux retrouvailles.

Mais Lily savait qu'elle n'en avait pas seulement contre lui mais contre la terre entière. Contre elle-même aussi. Une amertume qu'elle n'arrivait pas à contrôler. Pourquoi n'avait-elle pas réussi à faire la paix avec sa sœur ? Si Clarisse ne revenait pas à elle, resteraient-elles fâchées à jamais ? Elle ressassait leur énième dispute du mois dernier lors de laquelle, en plein dîner, Fanny n'avait pas su les réconcilier. Toujours cette incompréhension mutuelle, cette vision de l'avenir diamétralement opposée. Si l'une se contentait très bien de son quotidien sur l'île et aspirait à une vie tranquille, faite de bonheurs simples, sans stress ni contraintes ; l'autre avait soif de découvertes, de rencontres, d'expériences et avait l'impression que sa sœur gâchait sa vie, qu'elle manquait d'ambition et n'exploitait pas tous ses talents. D'où la manie de Lily, chaque fois qu'elle revenait à Ouessant, de secouer Clarisse pour lui ouvrir les yeux. Et voilà que l'accident remettait tout en cause. Comment envisagerait-elle son avenir après l'hôpital ? Reprendrait-elle le cours de sa vie comme avant ? En serait-elle capable ? Ou – comme un électrochoc – aurait-elle envie de changements radicaux ?

– Tu crois qu'elle est toujours fâchée contre moi ? s'inquiéta Lily alors qu'elle triait des photographies pour lui préparer un pêle-mêle.

Fanny se pencha derrière son épaule et sourit en tombant sur le selfie des deux sœurs qui tiraient la langue.

– Clarisse n'a jamais été fâchée contre toi… Elle te tient tête, c'est différent.

– Je ne vois pas ce qui est différent.

– Tant que tu voudras la changer, vos rapports resteront électriques.

– Je ne veux pas la changer !… Tu n'as rien compris !

– Vraiment ?… Prendre le temps de faire les choses, ma Lily, ce n'est pas forcément perdre son temps, tu sais ?

À vingt ans, ne pas voir plus loin que le bout de son nez, ne pas avoir la curiosité de voyager, n'était-ce pas désespérant ? La vie était trop courte pour se complaire dans cette routine abrutissante ! Sa mère et sa sœur, même combat ! Lily soupira et regretta d'avoir entamé cette discussion. Clarisse lui manquait cruellement et la maison, sans elle, lui paraissait désespérément vide. Sans parler des habitants qui lui demandaient sans cesse de ses nouvelles :

– Comment va Clarisse ? s'inquiéta Mme Malgorn, depuis sa porte en voyant Lily descendre la côte du cimetière à vélo.

Penchée sur sa canne, la vieille femme devait relever le menton vers le ciel pour la regarder.

– Stationnaire…

– Si tu la vois, dis-lui que ma cabine de douche vient d'être installée. Ça va la rassurer !

– Votre douche ?… Très bien, je le lui dirai.

Ces personnes âgées qui se prenaient pour le centre du monde. Si elle savait à quel point Clarisse était à mille lieues de se soucier de sa salle de bains !

– Tiens !… Tu lui donneras ça de ma part pour décorer sa chambre, ajouta-t-elle en brandissant un petit fanion. Tu connais la devise du drapeau d'Ouessant ?

– Non.

– *Mar kouez en em sav.*

– Ce qui veut dire ?

– « S'il tombe, il se relève… » Une devise bien à propos, non ? Ça lui donnera du courage ! En tout cas, moi j'y pense souvent quand je me retrouve par terre !

Lily hocha la tête sans conviction avant de continuer son chemin. Dans le cas de Clarisse, il lui faudrait plus qu'un drapeau et une canne pour se relever. N'était-ce pas la raison pour laquelle elle parcourait Ouessant de long en large à vélo ? Pour trouver un moyen de l'aider ? Chaque coin de l'île la ramenait à elle. La pointe sauvage de Porz Doun jusqu'au cromlech de Penn Arlan, en passant par la côte nord et le phare du Stiff. Chaque endroit renfermait son souvenir et accentuait le manque. Elle avait l'impression que Clarisse pouvait apparaître à tout moment dans l'encadrement d'une porte, d'une fenêtre, dans un jardin ou au croisement d'un chemin. Ceux qui coupaient la lande, ombragés de troènes coupe-vent, délimités par des murs bas de pierres sèches. Lily se souvenait qu'elle avait ressenti la même chose à la disparition de son père. Comment ne pas faire le parallèle ? Elle avait beau se persuader que sa sœur était toujours là – bel et bien vivante dans son lit –, elle ne pouvait s'empêcher de la croire disparue à jamais – engloutie par la mer. Si Clarisse ne se réveillait pas ? Si elle restait dans cet état de veille silencieuse ? N'était-ce pas encore plus dur à accepter pour ceux qui restaient ? Plus dur que la mort ? Lily s'en voulut d'avoir de telles pensées et préféra rester dans l'action en se concentrant sur sa mission. À quoi bon penser à l'avenir ? Comme disait sa mère : « Avec des si, on pourrait mettre Paris en bouteille. » Et là, ce n'était pas la capitale, mais Ouessant qu'elle s'apprêtait à faire tenir dans une chambre. Une minuscule chambre d'hôpital.

Lily avait son idée : pour que la magie opère, elle devrait mettre les cinq sens de Clarisse en éveil. Rien ne serait négligé : le toucher, le goût, l'ouïe et pour le visuel, des couleurs vives viendraient couvrir les murs blancs. Mais ce qui lui semblait primordial – capable de la raviver plus que tout le reste –, c'étaient les odeurs. N'auraient-elles pas le pouvoir de s'immiscer jusqu'à faire partie d'elle-même ? De réveiller en elle des souvenirs olfactifs liés à sa vie affective ? Si Lily en connaissait un rayon, l'exercice lui parut difficile. Ce n'était pas un parfum – avec les substances chimiques habituelles – qu'elle devait élaborer. Elle devait réfléchir aux odeurs du quotidien chères à Clarisse. Celle de l'herbe coupée, des algues, des tartines beurrées, des tuyaux métalliques, des effluves chauds dégagés par la soudure, de la peau de son homme, de la paille, du miel, de la pluie… Des senteurs toutes simples qui faisaient partie de son univers. Et pour cela, Lily devait oublier sa propre personnalité –, ses goûts, ses habitudes – et se mettre dans la peau de sa sœur. Suivre ses empreintes – dans la maison, dans l'écurie, dans toute l'île –, telle une enquêtrice de la police scientifique. Collecter des échantillons de toutes sortes, sans réfléchir, et les placer en vrac dans le petit panier en osier à l'avant de son vélo.

Une fois sa récolte étalée dans son laboratoire – un bureau d'écolier sous les combles –, Lily ferma les yeux et inspira un bon coup. Elle avait réussi. Cette matière première représentait la mémoire de Clarisse. Pourquoi ne s'était-elle jamais livrée à ce genre de pratique ? N'était-ce pas essentiel pour une parfumeuse de faire l'inventaire des odeurs de son enfance ? De savoir d'où on vient, pour savoir où on veut aller ? Cette matière brute, comment l'exploiter sans la dénaturer ? Si on lui avait appris à créer l'illusion d'une odeur en choisissant, juxtaposant, dosant des composants odorants triés sur le volet, là, Lily ne voulait rien inventer, juste s'approcher de la vérité. Pour une fois, elle se passerait de ses languettes de papier buvard, de ses petits flacons alignés sur ses étagères, de ses formules chimiques. Le bouquet de senteurs fugaces qu'elle s'apprêtait à livrer à sa sœur disparaîtrait en quelques jours après lui avoir raconté son histoire. Comme une encre qui s'efface à la lumière.

DEUXIÈME PARTIE

« Alors que l'image que nous recevons est extérieure à nous, l'odeur au contraire nous pénètre. »

JEAN-CLAUDE ELLENA,
Journal d'un parfumeur

11

Le champ du possible

Ce matin-là, Evann s'était présenté à l'heure à la grande visite, bien décidé à en mettre plein la vue au professeur Daguain avec sa brillante présentation de Clarisse. Tout était sous contrôle : les branches de ses lunettes réparées, sa blouse repassée, son marteau réflexe droit dans sa poche, son observation bien rangée dans son dossier. Seul imprévu au programme : l'horrible docteur Godard en invité de dernière minute, qui – collé aux basques de son supérieur – ne raterait ni une miette du spectacle, ni l'occasion de rembarrer les externes. Une perspective qui ne réjouissait pas Marie-Lou, vu sa mine renfrognée et sa réaction de retrait en apercevant le grand brun au catogan gominé. Mais pas question de se laisser décontenancer !

– Monsieur Kostas ! l'apostropha Daguain dès son arrivée. Quel tee-shirt portez-vous aujourd'hui ?... Un blanc ? Décevant. J'espère que vous allez me mettre de bonne humeur cette fois-ci... Quel patient avez-vous choisi de nous présenter ?

– Hum… Clarisse Joyeux, bredouilla-t-il en sortant son dossier du chariot.

La chambre 32 se trouvait au milieu du couloir et Evann n'avait pas prévu d'être le premier à passer. Il aurait bien écouté tranquillement les prestations de ses collègues, le temps de se préparer psychologiquement, mais Daguain en avait décidé autrement. Son air moqueur ne lui avait pas échappé, ni les sourcils suspicieux de Godard derrière son épaule. *Même pas peur.* À lui de jouer et de lui montrer ce qu'il avait dans le ventre ! Concentré, l'étudiant s'apprêtait à rejoindre son public déjà entassé dans la chambre quand Marie-Lou l'intercepta avant qu'il franchisse la porte :

– Ne stresse pas, ça va bien se passer !

– Godard n'a pas l'air commode, grimaça-t-il.

– Imagine-le en slip… Moi, je fais toujours ça !

– Lequel des deux ?… Godard ou Daguain ?

– Les deux, mon capitaine ! L'un en slip kangourou, l'autre en string à paillettes.

– Ha ha ha ! Godard en chippendale !

– Chut ! Ils vont nous entendre… Allez, vas-y ! Impressionne-les !

À la seconde où Evann pénétra dans la pièce, ce ne fut pas l'image du strip-tease des chefs qui traversa son esprit mais celle d'un feu d'artifice. Tout avait changé ici ! À part Clarisse, assise le dos droit dans son fauteuil qui les regardait d'un air perplexe. En arrêt devant les pêle-mêle de photos qui recouvraient les murs, Evann en oublia son dossier et passa en revue les étapes de la vie de sa jeune patiente. Clarisse (dix mois) gigotant dans les bras de sa mère. Les premiers pas chaloupant de Clarisse (quinze mois). Clarisse (cinq ans) déguisée en vache au carnaval de l'école. Le château de sable de Clarisse (sept ans). Clarisse (dix ans), hilare, courant au milieu des moutons. Clarisse (quinze ans), assise en amazone sur son cheval. Clar... Non : Lily (vingt ans) qui lui tirait la langue. *Ce cliché lui était-il adressé ?*

– Monsieur Kostas ! On vous dérange peut-être ? s'impatienta Daguain.

– Moi ?... Non, désolé, sursauta-t-il, manquant de shooter dans l'étagère devant lui.

Ces petits flacons en verre alignés tels des pots à pharmacie, à quoi pouvaient-ils servir ? Si Evann mourait d'envie de percer leurs mystères, Godard, lui, ne partageait pas sa curiosité :

– C'est quoi, ce bordel !... Y a vraiment des familles qui prennent les chambres d'hôpital pour des showrooms de déco !

Daguain s'empara d'un flacon.

– Voilà qui est intéressant... Mais je ne parviens pas à lire l'étiquette.

Il plissa les yeux, tout en éloignant l'objet pour tenter de déchiffrer l'inscription.

– Hum... Crottin de cheval, monsieur, lut Evann le plus distinctement possible, derrière son épaule.

En réalisant ce qu'il venait de dire, il se mit à rire. Et l'air dégoûté des deux chefs l'amusa encore plus.

– Montrez voir ! (Godard, pas convaincu, venait de pousser l'audace jusqu'à ôter le bouchon. Et lorsqu'il sentit son contenu, ses yeux s'écarquillèrent et son visage prit la teinte des murs.) Pouah… mais quelle horreur ! On est tombés sur une famille de tarés, ma parole !

Craignant une réaction de Clarisse, Marie-Lou se racla bruyamment la gorge pour couvrir ces derniers mots. Mais la jeune femme, captivée par le goéland posté à sa fenêtre, ne semblait pas les entendre.

– Du crottin, je rêve, continuait à ruminer Godard. Et pourquoi pas amener le cheval tant qu'on y est ?… Ils ne perdent rien pour attendre. Je vais mettre le service d'hygiène sur le coup !

– Et si nous continuions la visite ? l'interrompit Daguain en posant une main sur son épaule. Peut-être que M. Kostas a des explications à nous donner… Hein ?

Evann se frotta la tempe puis feuilleta énergiquement les pages du classeur jusqu'à trouver la sienne. Croyait-il vraiment que la clé de l'énigme pût se cacher dans cette observation ? Il faudrait qu'il cherche ailleurs. Et qui sait ? Lily était peut-être en train de lui tirer la langue. Quand Hugo lui avait parlé de son retour sur l'île, de la surprise qu'elle préparait à sa sœur, il était loin de se douter de tout ce qu'elle manigançait. L'étudiant se rappela les mots maladroits qu'il avait employés et ne put s'empêcher de se sentir responsable. Toutes ces choses ne se trouvaient pas là par hasard. Lily les avait pensées comme des médicaments, des remèdes à la léthargie, dans le seul but de stimuler Clarisse, de l'éveiller à la vie ! Comment ne pas penser à sa propre expérience de patient, quelques mois auparavant ? À l'application de Giagiá – sa mère adoptive

– à décorer sa chambre ? S'il avait cru qu'un jour il croiserait aussi résolue et dévouée qu'elle ! En y regardant de près, il n'y avait pas seulement les photos et l'étagère à flacons, chaque recoin portait l'empreinte du passage de Lily. Les habits entassés dans le placard, les coquillages disposés sur son appui de fenêtre, l'enceinte stéréo et les boîtes de gâteaux empilées sur la table de nuit. Même la potence au-dessus du lit avait été réquisitionnée et faisait office de cintre ! Comme hypnotisé, Evann fixait le foulard rouge qui y était suspendu. On aurait dit le nœud papillon d'un clown. Et l'image lumineuse de Lily dans sa combinaison à fleurs lui revint à l'esprit. Devait-il vraiment leur révéler son existence ? La garder pour lui, n'était-ce pas un moyen de la préserver ? Sans Godard aux trousses. Sans le service d'hygiène sur le dos.

– Evann, c'est à toi ! lui souffla Marie-Lou en lui donnant des petits coups de coude dans le flanc, comme si elle voulait remettre le moteur en marche.

Et cela fonctionna : la machine réussit à s'extirper du décor et démarra au quart de tour. D'une voix claire et assurée, Evann entreprit de décrire Clarisse. Celle qu'elle était avant. Puis celle qui se présentait à eux aujourd'hui, indifférente à l'agitation générale. Dans son examen, rien n'était laissé au hasard. Il suivit consciencieusement l'ordre dicté par Marie-Lou : le score de vigilance pour commencer, puis l'examen de la motricité et de la sensibilité des membres et de la face. Il décrivit la vivacité de ses réflexes au-dessous de ses rotules, au creux de ses coudes, puis finit par l'analyse détaillée de ses fonctions supérieures. Avec des mots simples et concis, il s'appliqua à lister les différents tests réalisés pour évaluer son langage, sa compréhension, sa mémoire, son orientation dans le temps et dans l'espace. Si Daguain hochait la tête en l'écoutant silencieusement, Godard, lui, l'interrompait sans cesse avec des questions incompréhensibles dans le seul but d'impressionner son patron. Des questions qu'Evann ignora royalement, comme si elles ne lui étaient pas destinées. Pour Clarisse, il se devait de terminer son observation. Il lista les différents examens qu'elle avait subis : I.R.M, électroencéphalogramme, prises de sang, puis il s'avança lentement vers elle en slalomant entre les étudiants. Comment pouvait-il la laisser seule dans son fauteuil, engluée dans ses difficultés ? Ce n'est qu'une fois à sa hauteur que Clarisse daigna tourner la tête dans sa direction. Était-ce le fruit de son imagination ou avait-elle haussé un sourcil ? Un seul, le droit. Avait-il réussi à détrôner le goéland ? S'intéressait-elle réellement à lui ?

– Tu peux m'interrompre si je dis des bêtises, lui chuchota-t-il en souriant sans que personne d'autre puisse l'entendre.

– Vous avez terminé, monsieur Kostas ? l'interpella Daguain.

– Oui, je crois… Il me reste juste la conclusion.

– Nous vous écoutons alors… Mais permettez-moi d'abord de vous féliciter. Il y a du progrès !

Et le coup d'œil vers Marie-Lou vint confirmer les propos du grand chef. L'interne paraissait fière de lui et l'applaudissait en silence. Evann aurait pu s'arrêter là, dans la satisfaction générale, mais il lui tenait à cœur de conclure. Il devait finir sur une note d'espoir. Laisser le champ ouvert. Le champ du possible, comme on dit. Si Clarisse avait un avant, elle méritait un après. Le tout, c'était de le construire. De le construire et d'y croire.

12

L'élixir de crin de cheval

Agenouillé face à la petite étagère, Evann venait de les compter. Dix-huit petits pots en verre surmontés d'un bouchon de liège. Il y en avait de toutes les couleurs, de toutes les formes : solides, liquides – certains plus identifiables et d'autres plus mystérieux – avec une petite carte pour les accompagner. Une carte de visite parcourue d'une jolie écriture à la plume qu'il remarquait pour la première fois :

Voici les odeurs chères à Clarisse,
Dans quelques jours, certaines vont disparaître.
Alors si vous en avez l'occasion,
Merci de passer un petit moment avec elle
pour les lui faire sentir.
Juste quelques minutes suffisent.
Enfouies dans sa mémoire,
Elles ne demandent qu'à refaire surface.
Un grand merci pour elle !

C'était plus fort que lui. Ces fameux flacons, il fallait qu'Evann perce leurs mystères. Pourquoi l'obsédaient-ils à ce point ? Il y avait quelque chose d'extrêmement touchant dans l'investissement de Lily. Une attention particulière qui résonnait en lui et faisait écho à sa propre histoire. Et puis, cette curiosité à son égard, il n'arrivait pas à s'en défaire. Tout l'intriguait chez cette fille ! Sa sensibilité, sa manière de le regarder et les souvenirs flous du lycée qui lui laissaient un goût d'inachevé. Comme s'il avait manqué un premier rendez-vous et qu'il devait se rattraper. L'épreuve de la grande visite brillamment franchie, Evann n'avait plus vraiment de raison de faire des heures sup en neurologie et pourtant, l'après-midi même, il était revenu. Se faire discret n'était pas simple avec un tel physique, mais en adoptant les manières de son frère – menton rentré, crinière sous la capuche, démarche nonchalante rasant les murs –, il avait réussi l'exploit de traverser le couloir sans croiser personne. Clarisse était seule dans sa chambre, dans la même position que le matin même, avec le goéland glouton en ligne de mire. Posté près de la porte, Evann hésita à avancer. Que faisait-il là ? Ce n'était pas son travail d'externe en médecine ni l'envie de parfaire ses connaissances en neurologie qui avaient motivé sa venue, mais juste la curiosité. Une curiosité mal placée et foncièrement égoïste.

Merci de passer un petit moment avec elle…
Juste quelques minutes…

Evann comprit que Lily lui offrait un moyen de se rattraper. De se rendre utile pour la première fois de la journée. Après avoir pris soin de déplacer le meuble sans rien casser, Evann s'assit en face de la rêveuse au goéland.

– Hum ! Je dérange ?

– Bon-jour.

– Evann, je m'appelle Evann... Tu te souviens de moi ? Ce matin, au milieu des blouses blanches.

– Oui... je crois.

La jeune femme portait sur lui de grands yeux impassibles. Elle ne paraissait ni effrayée, ni même étonnée de sa présence, elle lui aurait dit « passe-moi le pain » sur le même ton. Mais il se félicita de la rapidité de ses réponses. Sur ce point, elle progressait.

– Est-ce que tu m'autorises à regarder les petits pots préparés par ta sœur ? (Elle fronça le nez comme si elle ne comprenait pas la question.) Je peux ? dit-il simplement en désignant le premier flacon.

Son regard fixa l'objet un long moment, puis elle hocha la tête pour lui donner la permission.

– Ferme les yeux... Et dis-moi ce que tu sens.

L'idée des devinettes lui était venue comme ça. À cet instant, ce n'était pas l'étudiant en médecine que Clarisse avait devant elle, mais le bénévole, joueur et malicieux. Et face à cette jeune femme, Evann se sentit plus à l'aise dans ce rôle. Sans blouse, il y avait un rapport d'égal à égal. Une complicité nouvelle pouvait naître. Désirant se prêter au jeu lui aussi, il attendit une réponse de Clarisse avant de lire l'étiquette.

– Alors ?

Mais aucun mot ne sortait de sa bouche. Elle restait là, à gober les mouches, les paupières closes et les lèvres entrouvertes. Même le crottin de cheval sous le nez ne lui faisait ni chaud ni froid.

– Et là ?... Ça ne te rappelle rien ?

Faut dire, l'exercice n'était pas facile. À part le crottin, les algues séchées et le café moulu, lui non plus ne parvenait pas à les identifier. Qu'importe, le plaisir était ailleurs. Déchiffrer ces étiquettes, c'était découvrir un petit morceau de Clarisse ou plutôt la vision que Lily avait d'elle. Et certains échantillons, il se demandait bien où elle était allée les chercher ! Cette fille s'avérait encore plus étonnante qu'il ne le pensait. Étonnante et follement créative, à voir les termes qu'elle employait : *élixir de crin de cheval, bouquet de coquelicots, senteur d'éclats de ferraille, effluves de tartines beurrées au chocolat, baume de graines de sarrasin, fumet de paille d'écurie, odeur charnelle de menuisier, arôme de miel de l'île, relents de lubrifiant au téflon, nectar de laine de mouton, fragrance d'herbes sauvages, cocktail de graisse de silicone, nectar de fleurs de genêts, émanation de soudure, parfum de cuir de selle.*

Un des flacons l'intriguait particulièrement : *odeur charnelle de menuisier.* À l'intérieur : quelques sciures de bois et un bout de tissu qui sentait bon la lessive.

– Hugo, il fait quoi comme métier ?

Clarisse pencha la tête et prit un air concentré.

– Bois.

– Il est menuisier ?

Nouveau hochement de tête. Premier mystère élucidé, se félicita-t-il. En relisant à haute voix toutes ces drôles d'appellations, il chercha quel autre secret pourrait lui être dévoilé. *Senteur d'éclats de ferraille, fumet de paille d'écurie...* Et face à lui, Clarisse ne l'aidait pas. C'était comme s'il lui parlait chinois. Aucune réaction ne se lisait sur son visage. Même pas un sourire.

– Et si on laisse tous les bouchons ouverts, ça donne quoi ?

Certaines odeurs plus fortes que les autres prenaient le dessus. Celles de l'écurie et du matériel de plomberie, par exemple, étaient capables de gommer à elles seules le végétal et l'alimentaire. Evann déplaçait ses narines au-dessus des flacons – tel un chien pistant une proie – et la jeune femme l'observait sans rien dire. S'il se concentrait bien, il parvenait à les différencier. Comme les touches d'un piano qu'on parcourt avec son doigt, il réussit à capter la musique de Clarisse.

– C'est formidable ce que ta sœur a fait pour toi ! s'enthousiasma-t-il. J'ai l'impression de mieux te connaître maintenant.

Clarisse haussa les épaules sans comprendre. Il fallut qu'Evann appose la poignée de crin de cheval dans la paume de sa main pour qu'elle daigne enfin réagir.

– Sambello, prononça-t-elle sans réfléchir en serrant le poing et en venant chatouiller les brins avec la pulpe de ses doigts.

– Sam-quoi ?

– Che-val.

– Sambello, c'est le nom de ton cheval ?

Un éclair de vie illumina le regard de Clarisse. Un éclair de courte durée, mais Evann considéra qu'un petit miracle s'était produit. La petite musique de Lily commençait à faire effet. Sans crier gare, un souvenir enfoui venait de refaire surface.

13

Les petits trésors

En quittant l'île, Lily avait ressenti le soulagement habituel. Cette sensation de liberté qu'on éprouve après avoir été retenu enfermé trop longtemps. Et chez Lily, quelques jours à Ouessant suffisaient à l'oppresser.

– Tu es montée à l'envers, aimait à plaisanter sa mère en la voyant soulagée de regagner le continent. C'est l'inverse d'habitude : les gens qui viennent sur l'île nous disent qu'on respire mieux ici qu'ailleurs.

Mais ce jour-là, en embrassant sa fille sur le quai, Fanny n'avait pas eu le cœur à rire. Depuis l'accident de Clarisse, cette femme d'ordinaire si peu démonstrative avait une fâcheuse tendance à se fissurer. Le bonheur lui semblait si fragile et l'idée d'une nouvelle séparation avait suffi à lui faire monter les larmes aux yeux. L'angoisse qu'il puisse arriver malheur à Lily la submergeait totalement. Comme si un drame pouvait en amener un autre.

– T'inquiète pas, maman !... La prochaine fois, je reviens avec Clarisse. Je te le promets !

La femme en salopette s'était pudiquement essuyé les

joues d'un revers de manche puis s'était affairée à porter la grosse valise et à la placer dans le chariot à bagages – pour éviter de croiser le regard de sa fille. Une émotion contenue qui n'avait pas échappé à Lily, et au fur et à mesure que les falaises du port du Stiff s'amincissaient à l'horizon, son soulagement s'amenuisait lui aussi. Partir en laissant quelqu'un de triste n'avait pas la même saveur. Et partir en faisant une promesse qu'on n'était pas sûre de tenir n'arrangeait rien. Elle se sentait doublement coupable !

Ces derniers jours avaient été particulièrement éprouvants. En retournant à la maison – et sur l'île d'une certaine façon –, elle avait eu la sensation de faire un bond en arrière et d'en découvrir plus sur Clarisse que durant toutes les années où elles avaient vécu ensemble. Plus secrète qu'elle n'y paraissait, sa petite sœur lui avait caché un tas de petits trésors dont elle ne soupçonnait pas l'existence. De sa collection de cloches miniatures en passant par celle de papiers de sucre soigneusement rangés au fond de ses placards. Elle devait considérer leur valeur inestimable pour les garder ainsi hors de vue. La visite de son atelier au cœur du village de Lampaul lui avait réservé une tout autre surprise. Si Lily connaissait l'intérêt de Clarisse pour les outils en général – fer à souder, marteau, pinces en tout genre –, elle ignorait totalement sa passion pour la pyrogravure. Une petite pièce attenante servait de salle d'exposition où une vingtaine de tronçons de bois était exposée sur des étagères. Pas de vulgaires tronçons, mais de véritables œuvres d'art ! L'écorce laissée intacte, seul le centre avait été soigneusement poncé pour accueillir le dessin. Des traits de brûlure si finement réalisés que l'image donnait l'impression de sortir du bois. Oiseau, tête de cheval, fleurs, papillon, vagues déferlant sur le rivage, chaque détail était reproduit à la perfection. La signature en bas de chaque pièce ne faisait aucun doute, pourtant Lily avait mis du temps à réaliser. Jamais elle ne se serait doutée d'une telle créativité ! Elle qui se considérait comme la seule artiste de la famille ! Avait-elle manqué de curiosité à son égard ? Ne l'avait-elle pas laissée suffisamment s'exprimer ? Elle s'en voulait d'être passée à côté de Clarisse. Cet été, une fois son stage en Belgique terminé, elle comptait bien se rattraper et passer du temps avec elle. C'était l'affaire de quelques semaines ! Et d'ici là, elle savait qu'Hugo s'occuperait bien d'elle. Lorsqu'il avait découvert l'île miniature dans la chambre de Clarisse – sa fameuse surprise –, l'homme aux écouteurs l'avait remerciée timidement et s'était proposé de faire travailler la malade chaque fois qu'il lui rendrait visite. Et Lily était persuadée qu'il y mettrait tout son cœur ! Hugo n'était peut-être pas du genre entreprenant, mais s'il y avait bien une chose qu'on ne pouvait nier, c'était sa fidélité inébranlable à Clarisse. Lily avait toujours trouvé étrange l'attachement quasi animal qui les liait l'un à l'autre. Leur amour sans vagues, considéré comme acquis depuis leur plus tendre enfance. Nul besoin de jeu de séduction, de passion, de jalousic, Clarisse et Hugo s'aimaient sans devoir se le prouver. Avaient-ils déjà échangé des mots d'amour ?

Lily en doutait. Leur façon de se regarder suffisait. Et aujourd'hui, ce qui la rassurait, c'était de penser qu'Hugo serait toujours là pour sa sœur, quoi qu'il advienne.

Si elle ne voulait pas rater son train, Lily avait intérêt à ne pas trop s'éterniser à la Cavale-Blanche. Juste le temps de saluer Clarisse, de délester sa valise de quelques kilos au passage, avant de filer tout droit à la gare. En traversant le couloir de neurologie, la grande voyageuse chercha un moyen d'étouffer le ronronnement des roulettes sur le lino. *Forcément, si quelqu'un s'était donné la peine de décorer les murs, cela résonnerait moins* ! Après avoir tenté de ralentir le pas, elle finit par se résoudre à la porter, en la calant contre sa hanche et en rusant pour ne pas s'écrouler sous son poids.

– Vous cherchez votre chambre peut-être ? s'enquit une infirmière qui passait par là.

– Euh... Non, je suis la sœur de Clarisse Joyeux et je viens lui rendre visite.

– Ah justement ! Le docteur Godard souhaitait s'entretenir avec vous ! Ne bougez pas, je l'appelle tout de suite.

La femme en blanc ne lui avait pas laissé le choix. Elle s'était volatilisée sans lui donner le temps de répondre. Mais Lily n'était pas du genre à recevoir des ordres. Son train serait l'excuse idéale pour éviter une pénible discussion avec un médecin. Elle entrouvrit la fermeture Éclair de son bagage, s'empara du volumineux morceau de bois pyrogravé qui occupait toute la place, puis s'engouffra chambre 32 pour ne pas se faire intercepter de nouveau.

– Ta-da ! clama-t-elle fièrement en brandissant la tête de cheval au-dessus de la sienne.

Et pour la première fois, Clarisse daigna tourner la tête dans sa direction. Lily ne s'attendait pas à un enthousiasme de dingue, mais – au moins – à un petit sourire. Au lieu de ça, la jeune femme regardait son œuvre, le menton en l'air, comme elle l'aurait fait d'une araignée au plafond. Et sous l'araignée imaginaire, Lily s'était figée sur place, la mine contrariée. Si Clarisse en avait été capable, elle aurait pu lire toute la déception qui traversait son visage. La déception et la rage. Quand ? Comment avait-on pu enlever toutes les photos ? Et les flacons ? Pourquoi les avait-on rangés au fond d'un carton ? Qui s'était permis de détruire son travail ? Même le foulard avait été décroché de la potence !

– Ah !… Vous êtes là ! soupira l'infirmière en passant la tête dans l'embrasure de la porte.

Et derrière elle, un homme sombre qui toisait Lily d'un air suffisant. Un air de vandale, d'ignorant. Et, sans aucun doute, de détenteur de boîte en carton.

14

Senteur d'éclats de ferraille

Tous ces cartons, qu'allait-il en faire ? On aurait dit qu'Evann avait joué aux Duplo dans l'entrée et qu'il avait cherché à atteindre le plafond. Assis sur le canapé, il était content de lui maintenant : son salon ne ressemblait plus à un dépotoir et l'espace paraissait plus grand, plus accueillant. Comme si la vie avait investi les lieux – sa vie à lui. Le déclic lui était venu en rentrant de l'hôpital. Sa répétition du soir pouvait bien attendre, il ressentait le besoin urgent de tout ranger, de tout réorganiser à sa façon. Était-ce sa dernière visite dans la chambre de Clarisse qui l'y avait poussé ? L'application avec laquelle elle avait été décorée ? L'histoire qu'elle racontait ? Evann regarda les étagères qu'il venait de combler et se demanda si elles étaient capables de dévoiler quelque chose, elles aussi. La photo de classe de seconde B encadrée de ses livres de médecine, ses partitions de musique, son étui de boules de pétanque, son jeu de cartes. Il sourit. C'était tout lui, effectivement ! Mais, à la différence de Clarisse, lui n'avait pas besoin de décor pour recouvrer la mémoire.

Même si le petit flacon qu'il venait de sortir de la poche intérieure de sa veste commençait à l'en faire douter.

Après lui avoir demandé la permission, Evann l'avait emprunté à Clarisse. Dans le creux de sa main, il l'observait depuis un long moment d'un air pensif. *Senteur d'éclats de ferraille.* Pourquoi son odeur l'avait mis aussi mal à l'aise tout à l'heure ? D'abord, il avait ressenti un début de crise – une sorte de décharge dans le bras –, puis un étrange sentiment lui avait noué l'estomac. Un mélange de peur et de dégoût dont il ignorait complètement l'origine. À l'aveugle, il n'avait pas su trouver l'intitulé de ce qui se cachait à l'intérieur du flacon. Il reconnaissait l'odeur d'oxydation, celle qui reste sur les doigts après avoir manipulé des pièces de monnaie. Mais pourquoi la détestait-il ? Un souvenir y était sûrement lié, mais lequel ? Son enfance, comme celle de son frère Gabriel, était scindée en deux. L'avant – obscur et mystérieux – et l'après, lumineux. Evann avait deux ans quand Giagiá, bénévole à l'hôpital, l'avait pris sous son aile et avait décidé de leur donner – à lui et son frère – une seconde chance d'être heureux. Il venait de recevoir un violent coup sur la tête. Leur mère était morte sous leurs yeux, leur père embarqué par la police pour féminicide. Et, de ce cauchemar, aucune image ne subsistait. Seulement celles qu'il s'était construites lui-même avec les explications de Gabriel. Mais son grand frère n'avait que six ans à l'époque et n'était pas spécialement bavard ni prodigue de détails.

D'ailleurs, ce jour-là, Evann n'avait pas résisté à lui envoyer un message :

« Ça t'est déjà arrivé de détester quelque chose sans savoir pourquoi ? »

« Non », lui avait répondu simplement Gabriel, avant de lui proposer de passer boire un verre à l'appartement.

La pile de cartons était placée dans l'entrée. Et lorsque Gabriel franchit énergiquement la porte, celle-ci ne manqua pas de lui dégringoler sur la tête.

– Désolé, je n'ai pas eu le temps de te prévenir !

À sa mine boudeuse, la conversation s'avérait mal engagée et Evann tenta de détendre l'atmosphère en lui offrant une bière.

– À la tienne, frérot !

Leurs chopes s'entrechoquèrent, mais Gabriel ne se dérida pas pour autant.

– Détester les choses n'est pas dans tes habitudes, déclara-t-il enfin, avec froideur. Que t'arrive-t-il ?

– Cette odeur me dérange depuis tout à l'heure… ça m'énerve de ne pas comprendre ! J'ai rangé tout l'appart pour trouver une explication, mais ça n'a servi à rien ! Je me suis dit que tu pourrais peut-être m'aider.

Lorsqu'il mit le flacon sous le nez de son frère, ce dernier grimaça comme s'il s'agissait de crottin de cheval.

– D'où provient-il, ce pot ?

– C'est une patiente qui me l'a donné.

Gabriel haussa un sourcil pour obtenir plus de détails.

– Laisse tomber ! C'est une longue histoire.

– Tout va bien en ce moment ?

– Oui, très bien. J'ai fini mes exams, Daguain s'apprête à valider mon stage. À moi les vacances ! Que demander de mieux ?

– J'sais pas, t'as l'air bizarre... Tu n'as pas fait de crises au moins ?

Evann éluda la question et préféra changer de sujet.

– Alors ?... Ça ne te fait penser à rien ?

Gabriel prit une lente inspiration puis se tourna vers lui d'un air grave et désolé à la fois.

– Ses doigts... ils portaient la même odeur.

– De qui tu parles ?

– De celui dont on ne prononce plus le nom.

Un frisson parcourut Evann tout entier et le nœud se reforma au creux de son ventre.

– T'en... t'en es sûr ?

– Il était mécano dans les sous-marins et ça me démangeait de lui broyer les mains... Alors, tu peux être sûr que je ne suis pas près de l'oublier, cette odeur, grinça-t-il.

Evann avala plusieurs fois sa salive avant de pouvoir parler.

– Je n'ai aucun souvenir de lui. Même pas une image. Comment est-ce possible que je me rappelle un détail pareil ?

– J'en sais rien, soupira Gabriel en lorgnant le flacon, comme s'il s'agissait d'un objet maléfique. Mais je te dis que c'est la même odeur !

Depuis l'échange succinct avec son frère, Evann avait l'impression de cacher une grenade dans sa poche et n'avait qu'une envie : s'en débarrasser ! Quand *senteur d'éclats de ferraille* aurait retrouvé sa place entre *bouquet de coquelicots* et *effluves de tartines beurrées au chocolat*, elle arrêterait enfin de le tourmenter. Il était donc retourné en neurologie, le dimanche après-midi, avec la ferme intention de rapporter l'objet de malheur. Une agitation particulière régnait dans le couloir. Inhabituelle pour un jour de week-end. On parlait haut et fort et un attroupement de pyjamas blancs s'était formé tout autour. Evann remarqua en premier la tête du docteur Godard qui dépassait du troupeau. Un profil rouge colère, d'où pendait – telle la touffe effilée d'un pinceau – son catogan à moitié défait. Et à mesure qu'il approchait, un doute l'envahit. Cette voix féminine qui s'enrouait et partait dans les graves quand elle était contrariée, ce pan de robe colorée, ces sandales dorées qui tapaient rageusement le sol pour faire plus de bruit et tenter d'écraser le géant face à elle. C'était Lily. Bel et bien Lily.

– Je crois qu'on s'est tout dit, mademoiselle ! fulmina Godard en coupant court à la conversation.

– Madame !... Ça fait des lustres qu'on n'emploie plus le terme mademoiselle ! cria-t-elle en le regardant s'éloigner du groupe.

Evann s'était figé au milieu du couloir et observait la scène sans oser s'approcher. Le tronc d'arbre que Lily serrait dans ses bras, elle devait sérieusement y tenir pour ne pas le balancer à la tête de Godard, pensa-t-il avec un mélange de crainte et d'admiration. À l'inverse de Clarisse, cette fille débordait d'émotions. Si au moins, elle avait pu en donner un peu à sa sœur ! L'avait-il vue calme et détendue, un jour ? Chaque fois qu'il la croisait, c'était l'explosion de larmes, de cris. Et il ne pouvait s'empêcher de reconnaître qu'elle avait un charisme fou quand elle se mettait en colère. Une grenade, elle aussi. Une grenade que Godard venait de dégoupiller ! Et du haut de son mètre quatre-vingt-dix, son chef n'en menait pas large. Sa démarche nerveuse et saccadée bousculait tout sur son passage – même Evann dont il ne remarqua pas la présence. La tornade passée, Lily se retrouva face à lui, à quelques mètres à peine. Un duel de regards, où elle dégaina la première. Dans un silence de plomb, elle le fusillait des yeux comme si elle le tenait pour responsable. Et, pleine d'incompréhension, elle fixa le petit flacon qu'il serrait dans sa main.

15

L'homme frontal

En remarquant la valise posée à ses pieds, Evann se demanda où l'oiseau migrateur avait prévu de s'envoler cette fois-ci. Comptait-elle embarquer sa sœur avec elle ? La kidnapper sous le nez de Godard ? Était-ce pour cette raison qu'il s'était mis en colère ? Devant le grand chef, Lily ne s'était pas démontée, elle avait crié, tapé du pied. Mais une fois le dos tourné, la voilà qui pleurait. Ou presque. Des larmes perlaient au bord de ses paupières et hésitaient à couler. Elle serrait fort son bout de bois contre sa poitrine comme s'il était capable de la maintenir debout.

– Tu as toujours l'art de débarquer au mauvais moment, lâcha-t-elle quand il fut à sa hauteur.

– Et toi, tu as toujours l'art de pleurer quand je te croise, répondit-il du tac au tac.

– Je t'emmerde, Evann Kostas !

– Tu as tort. Je ne te veux que du bien, Lily Joyeux.

Leurs yeux se croisèrent et la bienveillance tranquille qui l'enveloppa soudain sembla la déstabiliser.

– Que fais-tu avec ce flacon dans la main ? Il ne t'est pas destiné.

– J'allais justement le rendre à Clarisse… Elle m'a autorisé à l'emprunter quelques jours.

– Et pourquoi t'intéresse-t-il autant ? Tu veux te mettre à la plomberie ?

Il sourit.

– Ça ne te regarde pas.

– Très bien, rétorqua-t-elle en prenant la direction de la sortie.

– Attends ! Où vas-tu comme ça ?

– Ça ne te regarde pas.

Pourvu qu'il ne lui coure pas après ! Il l'avait déjà assez vue pleurer. Et tant pis pour la tête de cheval qu'elle s'apprêtait à donner à Clarisse, elle repartirait avec. En pressant le pas, elle sentit la main d'Evann agripper son bras.

– Donne-moi ta valise, je t'accompagne.

Un frisson la saisit. *Et où comptait-il la suivre ? Jusqu'en Belgique ?* Evann ne lui avait pas laissé le choix et marchait à ses côtés, tout en l'observant du coin de l'œil craignant qu'elle ne lui échappe encore.

– Je ne sais pas d'où l'idée t'est venue de décorer la chambre de Clarisse, de récolter toutes ces choses, dit-il calmement. Finalement, je ne sais pas qui tu es vraiment, ni ce qui te fait pleurer comme ça.

– Tu ne sais rien, en fait, gémit-elle en s'essuyant les joues.

– Non, je ne sais rien.

Elle paraissait tellement sur la défensive qu'il respecta

son silence. Cette fille avait le don de l'intriguer. Avec elle, il se posait toujours un milliard de questions. *Où allait-elle comme ça ? Pourquoi fuyait-elle, chaque fois qu'il l'approchait ? Avait-il quelque chose à se reprocher ?* En voyant le taxi qui l'attendait déjà devant le hall d'entrée, il réalisa que le temps lui était compté.

– Lily, t'en va pas comme ça !... Parle-moi.

Cette fois, elle voulut bien s'arrêter. Docile, mais pas tant que ça. Car au moment où ses yeux humides accrochèrent les siens, il sentit la grenade de nouveau prête à exploser.

– J'en ai ma claque de l'hôpital ! De toutes ces blouses ! De ces hommes qui se croient tout permis ! Qui utilisent des mots barbares sans aucun sens pour nous faire gober n'importe quoi... Frontale ! Traiter ma sœur de frontale ! Pour qui se prend-il ? C'est lui l'homme frontal !... (Evann sourit et Lily se détendit.) J'ai passé un temps fou à collecter des souvenirs pour Clarisse, à réfléchir aux odeurs importantes pour elle, à trier les photos. Et, résultat des courses : on saccage tout, sous prétexte que ce n'est pas hygiénique !

– Je n'étais pas au...

– Hygiénique, c'est le mot que ce sauvage a employé ! le coupa-t-elle, rassurée par son froncement de sourcils et son air innocent. Comme si le monde qui nous entoure était hygiénique ! On vit dans la poussière, on foule la terre, le sable, on se baigne dans la mer. On a besoin de ça, sinon on meurt, tu comprends ?

Elle avait une étonnante façon de parler, de faire courir

ses mots, comme s'il y avait urgence. De bouger ses longs bras, de river son regard au sien, avec une pointe de rébellion et d'intelligence qui lui faisait perdre tous ses moyens. Sans réfléchir, Evann s'était approché d'elle. Si près qu'elle s'était retrouvée dans ses bras. La grenade et son gros bout de bois qui lui piquait la poitrine.

– Vous, les blouses blanches, vous avez une fâcheuse tendance à briser l'espoir des gens, continua-t-elle, le front collé à son cou. À renoncer, à croire que la bataille est perdue… Mais moi, j'ai envie d'y croire !

Il lui releva le menton.

– Moi aussi, murmura-t-il en la regardant droit dans les yeux. Moi aussi.

Et Lily recula soudain, comme si sa main sur son visage venait de la gifler. Si elle avait pu disparaître à cet instant et se retrouver directement assise dans le taxi, elle l'aurait fait.

– À la gare, s'il vous plaît !

Recroquevillée sur la banquette arrière, Lily cherchait à y voir plus clair. Des sentiments contradictoires se bousculaient dans sa tête. Elle détestait Evann et tout ce qu'il représentait. Et pourtant, lui parler lui avait fait du bien. Il l'avait écoutée et sa compassion paraissait sincère. Mais pourquoi avoir profité de son trouble pour l'enlacer ? Le dragueur de première n'avait-il donc pas changé ? Une fois le moteur en marche, elle s'arrangea – le front collé à la portière – pour l'observer à son insu. Il était sorti sur le parking et suivait la voiture des yeux comme s'il cherchait un moyen de la prendre en filature. Et derrière lui, elle distingua une jolie brune en blouse qui l'observait d'un air soucieux.

– Trop tard, Evann Kostas, murmura-t-elle à la vitre en esquissant un demi-sourire.

Habillé en civil, avec son tee-shirt de rockeur et sa coupe afro, il n'avait rien d'un médecin – d'un étudiant en musicologie à la rigueur. Et que faisait le tronc d'arbre dans ses bras ? Dans sa fuite, Lily le lui avait laissé sans le faire exprès. En souvenir de leur étreinte, pensa-t-elle en se mordant l'intérieur de la joue.

– Si tu l'abîmes, gare à toi !

– Lily Joyeux… Où que tu ailles, je viendrai te chercher, lâcha-t-il à son tour, comme si elle était capable de l'entendre.

Alors que, derrière son épaule, Marie-Lou – elle – l'avait très bien entendu.

16

L'éclaireur de souvenirs

Cet après-midi-là, Evann vint saluer Clarisse une dernière fois. La fin de son stage signait le début des vacances et il se réjouissait d'avoir validé son année. Mais son expérience en neurologie lui laissait un goût d'inachevé. Si sa mission d'externe avait pris fin, celle de renifleur de petits pots et d'éclaireur de souvenirs ne faisait que commencer. Il ne pouvait s'arrêter en si bon chemin et continuerait à rendre visite à Clarisse en rééducation – même si Marie-Lou ne voyait pas ça d'un bon œil.

– Tu m'expliques ? l'avait-elle interpellé devant l'hôpital, juste après que Lily s'était fait la malle.

Son regard courroucé faisait des va-et-vient entre le morceau de bois coincé dans le creux de son bras et le taxi qui s'éloignait, et Evann s'était demandé ce qu'il avait à se reprocher.

– C'est simple, c'est une tête de cheval, avait-il tenté avec son plus beau sourire.

– Et moi qui croyais que tu étais devenu raisonnable ! Je me suis bien fait avoir !... Tu sors avec la sœur de ta patiente maintenant ? Eh bien, bravo ! Tu progresses !

Evann avait dû prendre sur lui pour ne pas l'insulter à son tour. *Et si Lily avait raison ? Si l'uniforme rendait idiot ? Injuste ? Et complètement à côté de la plaque ?*

– Tu me disais l'autre jour qu'un bon neurologue était d'abord un bon observateur, c'est bien ça ? Alors, ouvre les yeux, Marie-Lou... Ouvre les yeux !

Il avait l'air sérieusement blessé et sa dernière remarque avait tellement décontenancé l'interne qu'en plus d'ouvrir les yeux, elle avait tendu l'oreille. Evann lui avait tout raconté d'une traite : sa rencontre impromptue avec Lily – une connaissance du lycée –, sa maladresse à son égard et le projet fantasque qu'elle avait entrepris. Sa dispute avec Godard et la colère que ses mots avaient suscitée. Enfin son impuissance à la consoler.

– Godard, on ne le changera pas ! avait soupiré Marie-Lou, ne doutant pas de la sincérité de ses propos. Mais ce n'est absolument pas pour des raisons d'hygiène que l'équipe a tout replié et tout rangé dans des cartons.

– Et pourquoi ?

– Parce que Clarisse va changer de chambre. Dès lundi, elle doit intégrer le service de rééducation de l'hôpital Morvan.

– Le con ! Il ne pouvait pas lui expliquer ça à Lily plutôt que de lui faire la morale ?

– Godard a un rapport particulier avec les femmes. On dirait qu'il prend un malin plaisir à les blesser.

– Un sadique, tu veux dire !

Lily était partie si bouleversée ! Il fallait qu'il la rassure. Une raison de plus pour aller la retrouver ! Voilà ce à quoi il consacrerait le début de ses vacances, en espérant que ça ne l'emmène pas à l'autre bout du monde.

Quand il poussa la porte de la chambre 32, Evann trouva l'homme aux écouteurs assis face à Clarisse. Cette fois, son casque lui servait de collier et il n'avait plus peur d'aller à son contact. Au contraire, une réelle complicité semblait exister entre eux. Alors qu'il s'appliquait à lui faire sentir un des pots sorti du carton, Clarisse ne le quittait pas des yeux. Et du goéland perché sur l'appui de fenêtre, elle n'en avait plus rien à faire.

– L'herbe sauvage, près de la plage de Yusin, tu te rappelles ? On s'y allongeait pour regarder les couchers de soleil.

Hugo s'appliqua à lui raconter la scène en détail. Les rayons qui leur chauffaient les joues et finissaient par disparaître derrière le phare du Créac'h, l'herbe tendre et épaisse qui les accueillait, l'odeur des varechs qui s'amoncelaient sur le sable, le souffle des vagues et le cri des mouettes au-dessus de leurs têtes. Evann ne le savait pas aussi bavard. Ses mots étaient justes, simples, avec une douceur incroyable. Et, pendant ce temps, Clarisse approchait timidement ses narines du petit pot en verre, puis pinçait les lèvres en faisant une moue indécise.

– Non ? Ça ne te dit rien ?

– Quand tu racontes, si… mais l'herbe, elle ne sent rien.

Il sourit. C'était la première fois qu'elle faisait une phrase aussi longue. Et sur ce point-là, il lui donnait raison : lui non plus ne percevait aucune odeur. Il allait s'emparer d'un flacon plus odorant pour la tester – celle des algues séchées par exemple – quand un raclement de gorge vint l'interrompre.

– Désolé, je dérange ?

– Bonjour, Evann. Non, entre… Lily m'a prévenu que tu viendrais.

– Vraiment ?

– La tête de Sambello que tu as dans les mains, elle m'a dit que tu l'apporterais à Clarisse.

L'étudiant chercha une place pour poser l'œuvre d'art puis se gratta la tête, mal à l'aise.

– Et c'est tout ce qu'elle a dit à mon propos ?

– Non, elle m'a aussi missionné pour te casser la gueule si tu ne venais pas.

– Ha ha ha ! Ça ne m'étonne pas d'elle !

– La gravure, c'est Clarisse qui l'a réalisée.

– Tu es très douée, la félicita Evann en se tournant vers elle. (Un compliment qui ne sembla lui faire ni chaud ni froid.) Je suis venu te dire au revoir. Mon stage s'est terminé ce matin.

– Au revoir ?… Tu pars ?

– Oui, en vacances. Je ne sais pas encore où.

– Tu vas voir Lily ?

Hugo se mit à rire du culot de Clarisse, mais Evann, lui, la trouva plutôt perspicace.

– Pas impossible, répondit-il en jouant la carte de l'indécision. Si je savais au moins où l'oiseau s'est envolé…

Clarisse se tourna vers Hugo pour qu'il lui souffle la réponse.

– À Bruxelles… Pour quelques semaines encore.

– Et qu'est-ce qu'elle fait là-bas ? Des petits pots ?

– Presque ! Elle conçoit des parfums.

– Elle est nez ?

Clarisse, qui les écoutait sans intervenir, posa son index entre ses deux narines, comme si elle avait besoin de ce geste pour comprendre. Et Hugo poursuivit :

– Disons qu'elle fait des études pour le devenir. Un rêve depuis toute petite.

Evann désigna les flacons posés sur la table.

– Je comprends mieux pourquoi elle a récolté tout ça.

– Comprendre Lily n'est pas toujours facile. Elle fonctionne à l'instinct.

– Oui, j'ai remarqué.

– Et elle part du principe que tout le monde a l'odorat aussi développé qu'elle, ce qui ne facilite pas la tâche ! Tu ne le lui répéteras pas, mais s'il n'y avait pas d'étiquettes, j'aurais bien du mal à les différencier, toutes ces odeurs.

Evann sourit et lui fit signe qu'il était d'accord avec lui.

– Elle a un don ?

– Un don ou un pouvoir, comme tu veux… Lily est capable de sentir ta présence avant même de te voir, de savoir ce que tu viens de manger et, parfois même, de deviner ce que tu ressens ! C'est étonnant.

– Étonnant, répéta Evann en pensant à leur dernière rencontre, se demandant ce qu'elle avait bien pu lire en lui.

– Lily va revenir, déclara Clarisse, le doigt toujours posé sur le nez, et Hugo acquiesça.

– Dès que son stage sera terminé. Elle a prévu de passer tout le mois d'août avec toi.

Une parfumeuse. Un stage en Belgique. Si, au fil de la conversation, Evann en apprenait un peu plus sur Lily, il ne lui manquerait pas grand-chose pour la localiser. Et il tenta la technique du bluff pour en savoir plus.

– J'ai des amies à Bruxelles justement. Dans quelle parfumerie travaille-t-elle, peut-être seraient-elles intéressées ?

– Dans un bar à parfums, plus exactement.

– Un bar ?

– Oui, je n'ai pas vraiment compris le concept. Mais j'imagine qu'elle doit servir de l'alcool qui sent bon, plaisanta Hugo en faisant mine de boire le flacon devant lui.

– De l'alcool à 90°, qui gobe les mouches ? Il faut que je la mette en contact avec la patronne du bar en dessous de chez moi, ça va l'intéresser.

Ne connaissant pas Yvonne et son « Gobe-mouches », Clarisse et Hugo ne pouvaient pas comprendre sa dernière phrase, mais peu importe, il venait d'obtenir ce qu'il voulait. Des bars à parfums à Bruxelles, il ne devait pas y en avoir des milliers ! L'oiseau Lily lui réservait décidément bien des surprises. Plus Evann en apprenait sur elle, plus le mystère grandissait. Comme un mirage qu'on ne pourrait jamais approcher. Plus il avançait, plus elle disparaissait. Son pouvoir, comment l'utilisait-elle ? Jusqu'où pouvait-il aller ? C'était bien la première fois qu'une fille lui tenait tête et lui faisait tant d'effet. Un sentiment nouveau qui l'effrayait autant qu'il l'excitait. Était-il déjà sous son emprise ? Voilà qu'il ne désirait plus qu'une chose : s'enivrer dans son bar à parfums !

TROISIÈME PARTIE

« L'amour, c'est d'abord aimer follement l'odeur de l'autre. »

PASCAL QUIGNARD, *Vie secrète*

17

Le Bar à parfums

Chapeau rose bonbon, petit tailleur assorti en laine bouillie, silhouette ronde et courte sur pattes, long parapluie en guise de canne. Lily regarda partir sa cliente d'un air dépité. Trois fois qu'elle lui proposait un parfum personnalisé. Trois fois qu'elle le refusait, sans explications, en prenant à peine le temps d'approcher ses narines de la languette de papier buvard. Que lui reprochait-elle au juste ? Ce n'était pas faute de s'être appliquée ! Un premier rendez-vous pour lui présenter les différentes familles olfactives : boisée, fleurie, fruitée, orientale, hespéridée, chyprée, ambrée. Un deuxième pour lui faire sentir les différentes notes qui pourraient enrober sa fragrance : vanille, rose, patchouli… Et enfin, un troisième pour lui proposer le mélange réalisé par ses soins. Et c'était ce dernier rendez-vous qui capotait à tous les coups. À croire qu'elle adoptait sa mine renfrognée dès qu'elle pénétrait dans le bar !

– J'abandonne ! soupira Lily en s'affaissant sur son tabouret.

– Tu ne vas quand même pas te fier à l'avis de madame Grincheuse ! s'indigna son patron en se penchant pour humer la bande de papier.

– Vous la connaissez ?

– Bien sûr ! C'est une de mes plus fidèles clientes !... Enfin cliente – je ne sais pas si c'est le bon terme –, elle n'achète jamais rien !

Le parfumeur ne décollait pas son nez du buvard et Lily attendait patiemment le verdict.

– Je passe des heures à élaborer une formule et c'est à peine si elle daigne la sentir.

– Ah ! Ces gens qui pensent qu'un parfum se juge aussi rapidement qu'un regard ! dit-il en fermant les yeux.

– J'ai pourtant essayé de travailler la note de tête pour captiver son attention, mais j'ai échoué, se lamenta Lily.

– Non, je trouve « l'accroche-nez » plutôt réussi. (Il renifla plusieurs fois par petits à-coups.) Une touche d'alcool phényléthylique, d'acétate de benzyle, de galbanum... De la jacinthe, n'est-ce pas ?

– Oui, c'est bien ça. Madame Grincheuse n'a pas voulu de la fleur.

– Dommage pour elle... Présente-la à un autre client et ma main à couper qu'il l'appréciera !

– À force de mettre votre main à couper, vous allez finir manchot !

– Ça serait embêtant pour un parfumeur !

Lily s'efforça de sourire mais le cœur n'y était pas.

– Désolée, je ne sais pas ce qui m'arrive. J'ai du mal à me concentrer et je ne me rappelle même plus ce que cette femme m'a demandé au départ… Une fleur, un fruit. De toute façon, j'ai l'impression de ne plus rien sentir.

– L'odorat est connecté à tes émotions. Si tu es contrariée, triste, démoralisée, tes capacités olfactives s'en trouvent affectées.

– C'est tout à fait ça. J'ai le cerveau embrouillé.

Tout paraissait si simple avec lui ! Rien ne l'inquiétait. De sa longue expérience découlaient extrême sagesse et lucidité. Et Lily mesurait sa chance de l'avoir rencontré. Si les étudiants des années précédentes n'avaient pas encensé ce stage à Bruxelles, elle aurait sûrement opté pour une maison plus prestigieuse à Paris ou sur les hauteurs de Grasse. Or son choix se révélait précieux aujourd'hui. À un moment de sa vie où elle avait besoin d'aborder son métier différemment, de manière plus intime. Pourquoi aimait-elle tant cet endroit ? Sans doute parce qu'il respirait la vie et qu'il ne se résumait pas à une simple boutique de parfums. Le boudoir installé à l'arrière remplissait d'autres missions plus secrètes : galerie d'art, fleuriste, cabinet de curiosités, confessionnal. Sans oublier celle de pharmacie de quartier. Une pharmacie pour les petits maux du quotidien, ceux que le médecin peine à soigner. Une touche de cèdre de l'Atlas et de santal alba pour la tristesse et la solitude. De la myrte rouge et de la verveine citronnée pour l'insomnie. De la lavande et du bois de rose pour les déceptions sentimentales. « À chaque mal, son parfum ! » répondait le vieux parfumeur quand on se confiait à lui. Et si Lily ignorait les vertus de ces huiles essentielles, elle avait peine à croire qu'elles puissent – à elles seules – guérir quoi que ce soit. Personnellement, elle aurait détesté qu'on lui impose des odeurs sans prendre en compte son histoire. La lavande la renvoyait à l'armoire de sa grand-mère et aux petits sachets qu'elle insérait au milieu de ses vêtements. Quel bienfait – autre que son pouvoir de mémoire – pouvait-elle engendrer chez elle ? Sûrement pas celui de calmer ses chagrins d'amour.

– J'aimerais concevoir un parfum pour Clarisse... Trouver un mélange qui lui corresponde, qui lui fasse du bien, annonça-t-elle un matin.

Au moment de l'ouverture, quand les clients se faisaient attendre, Lily appréciait ce tête-à-tête derrière le comptoir. Son confessionnal à elle. Surtout depuis l'accident de Clarisse, quand elle ressentait le besoin de parler, d'évacuer tout ce qu'elle avait sur le cœur.

– Un parfum ?... Et pourquoi pas une brume d'oreiller ? Pour l'apaiser au moment de s'endormir.

– Brume d'oreiller... J'ai toujours adoré ce terme. Comme la brume marine d'Ouessant, déclara-t-elle, pensive.

– Veux-tu que je te prête mon manuel d'aromathérapie pour t'aider à choisir ? J'aurais tendance à te conseiller de l'hydrolat de tilleul et de l'huile essentielle de mandarine jaune.

Il se retourna, à la recherche du précieux livre, quand Lily arrêta son geste.

– Non merci, ce n'est pas la peine. Clarisse déteste les agrumes et l'odeur de tilleul ne lui parle pas spécialement.

– Tu as une autre idée peut-être ?

– J'aimerais inventer une formule magique qui la rassure. Qui lui donne l'illusion de respirer son île. (Il écarquilla les yeux comme si elle lui demandait la lune.) Mais à part les odeurs naturelles que je lui ai apportées, tout me semble superflu et artificiel…

– « En parfumerie, l'illusion n'est pas un mensonge, c'est une façon de répondre aux désirs », a dit Jean-Claude Ellena.

– C'est beau.

– Rappelle-toi, tu me parlais il y a quelque temps d'un de ses parfums : *Un Jardin sur la Lagune*.

– Oui, j'avais l'impression d'y être.

– Eh bien, tu vois ? C'est ta propre représentation d'Ouessant que tu dois créer. Le portrait des odeurs que tu as en mémoire. Sans chercher à les reproduire à l'identique.

– Je n'y arriverai jamais !

Son patron croisa les bras sur sa poitrine.

– Pourquoi s'avouer vaincue avant de commencer ? Lily Joyeux, ça ne te ressemble pas !

Son nom de famille, elle n'avait pas l'habitude de l'entendre. Sauf Evann qui prenait un malin plaisir à le prononcer ! Lily pensa à lui, à leur dernier échange troublant dans le hall de l'hôpital. À sa façon de la narguer et de la séduire en même temps. Quand il chuchotait son nom, elle avait l'impression qu'il se moquait d'elle. Une façon, sans doute, de lui montrer qu'elle était tout sauf joyeuse en sa compagnie. Mais dans la bouche de son patron, son nom sonnait différemment. C'était bienveillant et encourageant.

– Depuis quand doutes-tu de toi ? Je te l'ai déjà dit, tu as toutes les qualités pour devenir nez ! Un grand nez comme Pinocchio ! ajouta-t-il en lui mimant la marionnette pour la faire sourire. Curiosité, ténacité, audace, patience, il ne te manque rien. À part peut-être un peu de confiance en toi.

Et à ces mots, la première cliente de la journée fit son apparition. Madame Grincheuse coiffée de son chapeau rose bonbon.

18

Madame BlaBla

Si Evann avait l'habitude d'écouter ses envies, il ne se souvenait pas d'avoir pris une décision aussi folle. Il fallait qu'il la revoie. Qu'il s'explique. Jamais une femme ne l'avait fait douter à ce point et laissé avec ce sentiment de regret infini. Il avait un nom, une ville, une vague idée de sa profession et la motivation d'un détective privé payé en petites coupures. À l'heure d'Internet, sa mission ne s'annonçait pas difficile : de « bar à parfums », il existait une seule adresse à Bruxelles. Le plus dur ne serait pas de le trouver mais de l'annoncer à Giagiá. Comme chaque année, elle et son mari avaient l'habitude de réunir toute la famille dans leur petite maison sur l'île de Sifnos. Un rendez-vous incontournable qu'il allait devoir repousser de quelques jours.

– Comment ça en Belgique ? réagit-elle au quart de tour, de sa petite voix chevrotante qui faisait vibrer son téléphone. Tu ne vas pas me dire que tu préfères les plages de Knokke-le-Zoute aux Cyclades ?

– Bruxelles, je te dis. Juste un saut, histoire de voir quelques amis là-bas.

– Des amis ?… Qui ?

Evann leva les yeux au ciel. Comment avait-il pu croire un instant qu'elle allait se laisser embobiner aussi facilement ?

– Une fille… Voilà, t'es contente !

De là, elle se mit à roucouler comme une pigeonne et il sut que la voie était libre, qu'elle le laisserait tranquille. Enfin presque :

– Promets-moi que tu ne prendras pas la voiture.

– Giagiá, soupira-t-il. Quand vas-tu enfin me faire confiance ?

Il n'eut pas le temps de finir sa phrase que la mère poule – ou plutôt la mère pigeonne – avait déjà raccroché. Sa dernière grosse crise d'épilepsie remontait au mois de décembre. Celle où il avait perdu connaissance et le permis de conduire par la même occasion. Le médecin expert avait été catégorique : il attendrait la fin de l'été avant de l'autoriser à reprendre le volant. Une sentence – ou plutôt une précaution – qu'Evann respectait à la lettre, jusqu'à même redouter le moment où l'interdiction serait levée. Et si les crises recommençaient en conduisant ? Quelles seraient les conséquences ? Il se contentait du vélo pour le moment et les nombreuses côtes de la ville de Brest le maintenaient en forme. Mais Bruxelles, ça faisait loin ! Le covoiturage lui sembla une option efficace et peu coûteuse. Son périple en BlaBlaCar débuterait le lendemain matin : trois trajets, trois conducteurs et trois occasions de tester sa sociabilité.

Même s'il excellait en matière de bla-bla, le Brest-Rennes lui donna du fil à retordre. Pourquoi n'avoir pas consulté les profils avant de partir ? Grosse erreur. Trouver un sujet de conversation avec un traditionaliste, raciste et fier de l'être, lui posa quelques problèmes. Heureusement que l'étiquette d'étudiant en médecine put gommer un peu la couleur de sa peau, sinon il l'aurait sûrement abandonné à la première aire. Evann l'écouta parler de ses hémorroïdes et de l'inconfort engendré pour un grand conducteur comme lui. L'étudiant s'étonnait toujours de la facilité avec laquelle les gens lui parlaient de leur anus depuis qu'il portait la blouse. Sans aucune gêne ni retenue. Avait-il vraiment envie d'avoir des détails sur l'état de son postérieur ? Même s'il n'y connaissait pas grand-chose, Evann s'amusa à inventer un tas de remèdes miracles. « Vous avez essayé le glaçon ?… Le coussin vibrant peut-être ? » Et finalement, le trajet passa plus vite qu'il ne l'aurait imaginé.

Le Rennes-Paris, à côté, passa comme une lettre à la poste. La trentaine, commercial, sportif. Une vie faste et trépidante, à l'image de son bolide coupé sport. Pas de problème proctologique à signaler. Pas de problème de sujet de conversation non plus. Seul bémol : les intermèdes musicaux de heavy metal qui n'étaient pas prévus au programme. Car même pour un trompettiste habitué au bruit, la distorsion du son de la guitare mit ses tympans à rude épreuve. « Ça te gêne si j'ouvre ma fenêtre ? » fut le seul moyen qu'il trouva pour diminuer l'effet caisse de résonance.

Et dire que son périple était loin d'être terminé ! Evann mesura à quel point le Paris-Bruxelles dans une vieille berline toute cabossée, aux côtés d'une sexagénaire fantasque, risquait d'être long. Vu ses difficultés à trouver leur point de rendez-vous, c'était manifestement sa première expérience de covoiturage et sans doute la dernière. Quand elle cala au premier stop, passa la quatrième juste après la première en faisant crisser le boîtier de vitesse, il hésita à lui proposer de prendre le volant. Sans parler de son GPS ventousé sur le pare-brise qui tombait toutes les cinq minutes, auquel madame BlaBla parlait comme s'il y avait une troisième personne assise entre eux.

– Au rond-point, tournez à droite…

– Sois précis, s'il te plaît !… Au rond ou au point ? Ce n'est pas du tout pareil !

Evann se cramponna à la portière quand elle prit son virage un peu serré et jeta un coup d'œil au plafond à la recherche d'une caméra cachée, au cas où ce serait un canular. Mais non, ce sosie de Giagiá – en plus jeune – avait bien la ferme intention de le conduire à Bruxelles. Et s'il comptait arriver à bon port, il avait intérêt à jouer lui-même le GPS. Une fonction à laquelle il prit rapidement goût en adoptant la même voix monocorde et en s'amusant à donner des indications qui n'avaient rien à voir avec la signalisation : « Suivez ce camion de frites… Prenez-le en filature jusqu'à la frontière. » Une initiative qui plut beaucoup à sa conductrice, qui – dès qu'elle quitta Paris – se décrispa en même temps que son levier de vitesse. Et si en matière de bla-bla, il y avait concours entre les deux, la vie de madame BlaBla se révéla bien plus intéressante et déjantée que la sienne. Comparée à toutes les folies de sa conductrice, son escapade belge lui parut bien sage. Quand elle le déposa enfin au pied de l'Atomium aux portes de la capitale, il trouva l'endroit à son image : intrigant et vertigineux. Et fut presque triste de quitter un si touchant personnage.

– Je continuerai à suivre votre conseil, mon garçon.

– Ah, oui ? Lequel ?

– Toujours suivre le camion de frites, dit-elle en lui décochant un clin d'œil, avant de faire vrombir son moteur.

Le Bar à parfums se dressait devant lui, en plein cœur du quartier des Sablons. Petite échoppe, perdue au milieu des boutiques d'antiquaires. Après son épreuve de covoiturage, on pouvait dire qu'elle s'était fait attendre. Evann resta un moment sur le trottoir à observer la devanture dorée, décorée de petites lanternes Art déco. Cela lui faisait tout drôle d'avoir enfin atteint son but. Et plus il la regardait et s'en imprégnait, plus il était persuadé que Lily se trouvait à l'intérieur. Il ne pouvait en être autrement. Cette rue d'antiquaires hors du temps, ce côté un peu bohème, cette lumière. Oui, cette lumière jaune orangé de fin de journée. Ça lui correspondait parfaitement. Comme si ce lieu l'avait choisie et non l'inverse.

Il allait entrer et commander un parfum.

Il allait entrer pour lui donner des nouvelles de Clarisse.

Il allait entrer pour s'excuser.

Il allait entrer pour la serrer dans ses bras.

Il allait entrer, elle allait feindre de l'ignorer. À tous les coups ! Parce qu'elle était prévisible. Puis elle se cacherait derrière le comptoir pour continuer à le regarder, comme elle l'avait fait dans le taxi.

Il allait entrer et peut-être le regretter.

Ou peut-être pas.

Mais d'abord, il allait entrer. Vraiment.

19

Bleu comme la peau d'un requin

Evann entra.
Le carillon de la porte tinta.
Et rien ne se passa comme il l'avait prédit.

Lily avait passé la nuit à lire et relire son abrégé d'odeurs, à noter toutes ses idées dans un carnet. Et voilà plusieurs heures que – réfugiée dans le laboratoire au sous-sol –, elle testait des combinaisons d'accords. Des notes de tête vertes et fraîches, des notes de cœur fleuries, des notes de fond légères et douces. Mais après de nombreux essais, sa brume d'oreiller ne parvenait pas à prendre forme. Le tout était de réussir à créer cette note iodée qui soufflerait un vent marin et dominerait le reste. Elle avait opté pour des végétaux naturels plutôt que pour des molécules de synthèse : le cyprès bleu, le lotus, la criste marine. Et pourtant, la magie n'opérait pas. Sa brume demeurait lourde, piquante et râpeuse. Lily se souvint des paroles du parfumeur : « L'illusion est parfois plus vraie que la vérité.

Il faut savoir copier la nature, s'en emparer pour la transformer, la signifier en quelques traits. » Peut-être se compliquait-elle trop la vie… Et si elle revenait à deux ou trois composants ? Pas plus. Et c'est justement cette même voix de la raison qui interrompit ses pensées pour la rappeler à l'ordre :

– Lily ! On va fermer !… Sors donc de ta tanière !

Tout brillait à l'intérieur : le parquet ciré, les murs dorés, les flacons sur les étagères, le plafond noir laqué. Même les lunettes de l'homme derrière le comptoir brillaient sous les rayons du soleil rasant. Evann s'était trompé : pas l'ombre d'une Lily à l'horizon. Il fallait maintenant qu'il invente une excuse à sa présence ici. Le rayonnage à sa gauche attira son attention – ou plutôt celle de l'étudiant en médecine. On aurait dit une armoire à pharmacie, où les médicaments contenus dans des petites fioles en verre étaient rangés par spécialités. Dans l'ordre alphabétique, ça donnait : *anxiété, boulimie, cauchemar, déception sentimentale, échec scolaire, fourmillements, grignotage, hémorroïdes…*

– Je peux vous aider ?

Dans la vie, tout était question de coïncidences. L'homme venait de l'interpeller à la lettre H, son conducteur numéro un l'avait branché des heures sur ce sujet, alors Evann n'avait pas vraiment réfléchi. Et comme il était devenu roi dans l'art de baratiner, quelques explications suffirent pour se voir attribuer un mélange d'huiles miraculeuses. Un mélange épicé, dont il sentit quelques gouttes au creux de son poignet, avec lequel il était tenu de se masser le bas de la colonne vertébrale chaque soir pendant une semaine.

– Chaque soir ?

– Oui, le temps de faire dégonfler les hémorroïdes.

– Hum… Merci, en espérant que ce soit efficace. Combien vous dois-je ?

Vingt euros nonante-neuf centimes plus tard, Evann réalisa l'absurdité de la situation et réfléchit à la suite. Y avait-il d'autres bars à parfums à Bruxelles ? Et combien de fois devrait-il rejouer la scène des hémorroïdes avant de trouver Lily ? Il s'apprêtait à partir bredouille, bien résolu à continuer ses recherches quand l'homme – dans son dos – lui donna une autre porte de sortie.

– Lily ! On va fermer !… Sors donc de ta tanière !

Et, comme dans un tour de magie, le visage de Lily jaillit de terre – et non pas d'un chapeau. Des yeux bleus comme la peau d'un requin qui l'engloutirent avant qu'il ait le temps de réagir.

– Evann ? Mais qu'est-ce que… ? Il y a un problème avec Clarisse ?

Ses deux bras venaient de tomber, ballant de chaque côté de sa robe, et une expression de peur s'empara de ses traits.

– Non. Tout va bien… J'étais justement venu te rassurer, dit-il d'une voix calme.

Le parfumeur lui sourit de toutes ses dents et il eut l'impression que Lily aussi.

– Bon, je vous laisse ! s'empressa d'annoncer le patron en prenant la direction de la sortie. Lily, je ferme devant. Tu passeras par-derrière, comme d'habitude ?

Elle acquiesça sans quitter Evann des yeux. Un regard de défi, empli de curiosité. Si bien qu'en entendant le verrou derrière lui, Evann se sentit pris au piège, sans la moindre envie de lui échapper. Il la laissa venir à lui d'un pas lent et envoûtant et tout – chez elle – lui parut intimidant : ses longs cheveux cuivrés qui dansaient le long de ses épaules, sa façon de le fixer, de bomber la poitrine, de respirer, de marcher.

– Me rassurer ? répéta-t-elle, une fois arrivée à sa hauteur. Et ça justifiait de faire plus de huit cents kilomètres ?

Il déglutit.

– Oui.

– Pour un plan drague, tu ne lésines pas.

Du requin, il n'y avait pas que ses yeux. Voilà qu'elle sortait les crocs et qu'au lieu d'avoir peur, il prenait ça comme un jeu.

– Si tu savais… Même à des centaines de kilomètres, c'est si simple de te retrouver, dit-il en faisant un pas vers elle.

Geste qu'elle reproduit à son tour pour se retrouver collée à lui.

– C'est si angoissant, tu veux dire. Comment tu as fait ? Tu m'as suivie ?

Elle avait gagné, il ne pouvait plus avancer.

– Oui, à la trace, s'amusa-t-il à renifler sa proie.

– Menteur.

– Fugueuse !

Lorsqu'elle bomba la poitrine et qu'elle effleura la sienne, leurs corps entrèrent en incandescence.

– C'est quoi, cette odeur ? grimaça-t-elle en se mordant les lèvres pour l'aguicher encore plus. Tu empestes la… menthe poivrée ?

– Un dommage collatéral.

– Quoi ?

Il sourit.

– Ça serait trop long à t'expliquer.

– On a tout notre temps, je t'écoute… Mais avant, tu vas prendre une douche ! ordonna-t-elle en l'entraînant vers l'arrière de la boutique.

Une douche. Un tête-à-tête. Evann aima la tournure que prenait la situation et décida de se laisser guider. De suivre cette fille derrière le rideau, de grimper l'escalier en colimaçon, de s'immiscer dans son appartement, de laisser tomber son sac, d'attraper la serviette au vol, de prendre quelques secondes pour la manger du regard – juste le temps de réaliser.

Réaliser.

Entrer dans la salle de bains, se déshabiller, se laisser saisir par le jet d'eau froide, s'assurer que ce n'était pas un rêve, tenter de calmer l'excitation de son bas-ventre.

Sursauter en entendant les trois coups à la porte. Se demander s'il avait bien entendu :

– Je peux entrer ?

Et ne pas savoir sur quel pied danser.

20

Madame Moustache

– Je peux entrer ? répéta-t-elle une fois postée devant la douche, un sourire effronté qui fendait ses lèvres.

Comme si sa question attendait une réponse et que la pudeur avait réellement sa place ici. Evann, estomaqué, abaissa le pommeau – seul rempart à son intimité – devant les yeux de squale qui parcouraient son corps humide. À quoi pensait-elle à cet instant précis ? Qu'il était beau – sculpturalement beau. Que, par chance, elle n'avait plus besoin de le déshabiller. Et que l'urgence maintenant était de le rejoindre. Le reste n'avait plus d'importance. Et c'est tout habillée qu'elle pénétra dans la cabine de verre. Lui et sa pomme de douche, plaqués contre la paroi pour lui laisser de la place. Quand le jet d'eau, orienté vers elle, vint plaquer les pans de sa robe contre son entrejambe, que son décolleté se creusa pour épouser ses seins, Evann ne répondit plus de rien.

– Oh ! Mais c'est froid ! gloussa-t-elle en sautillant sur place.

– Pas assez froid pour éteindre le feu, apparemment, dit-il d'une voix enrouée en laissant tomber son arme.

Existait-il sur terre une femme plus désirable ? Ce charme fou qui le provoquait, c'était indécent ! Comme aimantés, ses doigts s'approchèrent de sa robe et commencèrent à la déboutonner lentement. Ce corps, qui s'offrait à lui, avait quelque chose de précieux, un goût d'interdit et il prit soin de ne pas le brusquer. Lily, de son côté, l'observait sans rien dire d'un air sérieux et coquin à la fois en bombant la poitrine pour lui faciliter la tâche. Dans son regard, une douceur nouvelle s'était installée. Étrange comme le requin devenait docile tout à coup. Le tissu désormais à ses pieds, ses hanches fines sous ses mains, Evann l'attira doucement à lui. Il sentit sa peau frémir entre ses doigts, ses cuisses s'ouvrir et il empoigna ses fesses pour qu'elle s'enroule autour de sa taille. Ses bras s'accrochèrent à lui comme une ancre sur un rocher et, dans un profond gémissement, elle lui donna le feu vert. Là, maintenant, il n'y avait plus de rapport de force, plus de méfiance, elle avait décidé de se plier à tous ses désirs. Tous ! Il la fit reculer contre la paroi, avec la même douceur, puis entreprit d'embrasser sa peau de nacre. L'embrasser tout entière jusqu'à ce qu'elle ne réponde plus de rien.

– J'ai faim, déclara-t-elle, enthousiaste, alors qu'elle était en train de se rhabiller dans la chambre, tout juste sortie de la cabine de douche. Ça te dit de m'accompagner ?

Si Lily avait l'art de vivre intensément l'instant présent, elle avait aussi une manière assez déstabilisante de passer à autre chose. La jouissance passée, il l'avait reposée délicatement sur le sol, les jambes encore tremblantes de l'orgasme qui les avait renversés tour à tour. Comme si le charme venait d'être rompu subitement, elle avait fui son regard, passé les mains dans ses cheveux humides pour se recoiffer, puis l'avait laissé en plan, sans un mot. Il la sentait de nouveau distante, gênée. Regrettait-elle ce qui s'était passé ? Impossible. Evann ne pouvait le croire ! Alors, pourquoi ce revirement ? Voilà qu'elle se mettait à lui tourner le dos pour enfiler son soutien-gorge, comme si elle cherchait à l'éviter.

Sentiment qui se vérifia, un peu plus tard, quand ils se retrouvèrent face à face, dans une brasserie place du Marché aux Herbes. Lily restait pensive, le nez dans sa gigantesque chope de bière, pendant qu'il picorait les dés de gouda au cumin en attendant qu'elle daigne lever les yeux. Il rompit le silence :

– Clarisse va changer de chambre. Elle doit intégrer le service de rééducation de l'hôpital Morvan. C'est d'ailleurs pour cette raison qu'on a rangé toutes ses affaires.

Après un temps infiniment long, elle lui répondit :

– Oui, je sais. Hugo m'a téléphoné.

– Je ne sais pas pourquoi Godard t'a fait croire autre chose. C'était cruel de sa part.

– Merci d'avoir fait autant de kilomètres pour me le dire.

Pourquoi le fuyait-elle ? Avait-il dit quelque chose qui l'avait contrariée ? Décidément, avec Lily, il ne savait pas sur quel pied danser ! Du bout de son index, Evann effleura son menton pour l'inciter à le regarder et lui décocha un sourire timide.

– De rien ! Et je veillerai à ce qu'on replace tout comme c'était… Fais-moi confiance.

– Pourquoi, Evann ?

Elle se mit à le fixer avec intensité. Cette question, on aurait dit qu'elle lui brûlait les lèvres.

– Parce que je crois que c'est important pour Clarisse.

– Pour Clarisse ou pour moi ? Réponds-moi !

– Pour les deux, non ? (Elle haussa les épaules.) J'ai lu ton petit mot dans sa chambre, précisa-t-il. Ton projet m'a intrigué. Je l'ai trouvé ingénieux. Alors, j'ai pris le temps de lui faire sentir tes petits pots… Un à un. J'ai vu sa réaction quand elle a pris dans sa main…

– Evann ! le coupa-t-elle en regardant le serveur s'approcher de la table pour prendre leur commande. As-tu déjà goûté à la carbonade flamande ?

Surpris, il secoua la tête.

– Non, je ne crois pas.

– Une erreur qu'on va tout de suite rectifier alors !

Pas une seule fois, ils ne reparlèrent de Clarisse. Et, vu la douleur que sa simple évocation suscitait chez Lily,

Evann n'avait pas insisté. Manifestement, sa convive avait envie de légèreté ce soir et – à mesure que le niveau de sa bière descendait –, il la sentait se dérider. Pourquoi s'était-elle mis en tête de lui faire tester toutes les spécialités locales de la carte ? Alors que, de son côté, elle se contentait de picorer dans ses plats. Croquettes de crevettes, waterzoï de poulet, tarte au sucre...

– Au secours ! Je vais exploser !

À peine dehors, il dut mettre le holà devant le stand de gaufres un peu plus loin.

– Sérieux ?... Ça se mange sans faim, pourtant.

– C'est une façon déguisée de te débarrasser de moi, ou quoi ?

– Ha ha ha ! Bon d'accord, si on allait danser pour digérer ?

Idée qui lui sembla plus raisonnable. À Bruxelles, tout paraissait simple – de nuit comme de jour. Même traverser le centre-ville à vélo, en tandem improvisé. De taille humaine, la capitale avait des airs de province et avec leur « s'il vous plaît » à la fin de chaque phrase, Evann trouvait les Belges particulièrement avenants et sympathiques.

– J'aimerais bien aller saluer le Manneken-Pis, lui souffla-t-il depuis le porte-bagages.

– T'es lourd à transporter, mais O.K. pour un petit détour...

Elle roulait vite, Lily, et son passager avait bien du mal à tenir en équilibre et à maintenir ses jambes en l'air pour ne pas toucher le sol.

– Et où m'emmènes-tu après ?

Les noms de lieux cocasses couraient les rues à Bruxelles : impasse de la Fidélité, cathédrale Sainte-Gudule… Alors quand Lily lui parla d'un club nommé *Madame Moustache*, Evann ne parut pas surpris.

– Après tout, j'ai bien un *Gobe-mouches* dans ma rue à Brest !

– Un *Gobe-mouches* ?… *Madame Moustache* me paraît plus inoffensive.

– Alors, allons-y !… Hue dada !

Une fois le dada arrivé à destination, Evann ne fut pas déçu. Le spectacle de Lily en train de danser au milieu de la foule ne valait peut-être pas celui de la cabine de douche mais, dans le top 10 des scènes les plus irrésistibles, il n'arrivait pas loin derrière. Où était la jeune fille timide qui frôlait les murs du lycée ? Était-ce bien la même qui faisait des bons au rythme de la techno ? Qui balançait ses bras comme des ailes de fou de Bassan, risquant de donner des baffes aux danseurs qui s'approchaient trop près ? Faut dire, la tentation était grande ! Crinière flamboyante sous les spots de couleur, regard de braise, courbes qui ondulaient dans tous les sens sous sa robe d'été. Accoudé au bar, Evann n'avait d'yeux que pour elle. Et quand la danseuse survoltée s'approcha, l'air mutin, et caressa de son pouce la mousse de bière qui recouvrait sa lèvre supérieure, son cœur manqua un battement. Nul doute, c'était bien la même femme qui l'avait allumé dans la douche quelques heures plus tôt. Celle qui plongea sa bouche dans l'énorme chope de bière, comme si elle voulait s'y noyer, pour en ressortir avec d'épaisses moustaches brunes et spumeuses.

– Je suis madame Moustache, vous êtes ici chez moi, déclara-t-elle de sa voix grave, avant de tourner sur elle-même et faire se soulever les volants de sa robe.

Un sourire attendri perça la joue d'Evann.

Avec cette drôle de madame Moustache à la bière, une chose était sûre, il ne risquait pas de s'ennuyer. Cette nuit s'annonçait longue et pleine de surprises.

21

La serial killeuse

La joue rose contre l'oreiller, les cheveux en cascade, Lily dormait à poings fermés. Dehors, le soleil au zénith inondait déjà la chambre d'une lumière dorée et Evann avait cligné des yeux plusieurs fois avant de s'y habituer. Il aurait pu la regarder des heures. Visage contre visage. Souffle contre souffle. À se remémorer chaque seconde de la nuit passée. Chaque seconde de rires, de réactions inattendues, de jeux de séduction, de plaisir absolu. Qu'avait-elle de plus que les autres ? Pour lui faire ressentir les choses avec autant d'intensité ? Avec la peur que tout s'arrête le lendemain ? Et dans quel état d'esprit allait-elle se lever ce matin ? Il se dit :

À trois, je la réveille.

À trois, je pars en courant.

À trois, je lui prépare le petit déjeuner au lit.

À trois, je l'asperge avec mon flacon d'huiles essentielles.

À trois, je la porte jusqu'à la douche.

À trois, je lui dessine une fausse moustache au crayon.

Ou à trois, je l'embrasse. Tout simplement.

– N'y pense même pas, Evann Kostas ! le menaça-t-elle soudain alors qu'il soulevait un des flacons posé sur la tête de lit.

– Bonjour, Lily. Bien dormi ?

Ses paupières frétillèrent avant de se refermer en un sourire béat. Elle n'allait quand même pas se rendormir ! Laquelle des Lily avait-il en face de lui : Lily le requin ? Ou madame Moustache ? Il n'avait pas encore la réponse. Evann resta un moment assis, à observer la chambre. On aurait dit un atelier d'artiste, avec des dessins placardés un peu partout. Ou plutôt des croquis d'idées pour des parfums futurs : les pétales d'une fleur, l'esquisse d'un arbre ou d'un fruit, avec des flèches et des annotations au crayon à papier. Et dans un coin, un petit bureau était installé sur lequel régnait un ordre chaotique, vases de toutes tailles, pipettes, languettes de papier buvard. Mais le plus intrigant, n'étaient-ce pas ces flacons au-dessus de leurs têtes, qu'il n'avait pas le droit de toucher ? Que pouvaient-ils contenir ? La vie de Lily en petites coupures ? À l'instar des petits pots de Clarisse ? Des coupures numérotées, rangées par ordre croissant, avec d'étranges objets à l'intérieur : bout de tissu, morceau de savon, crevette séchée, brin de lavande, gousse de vanille.

Un, deux, trois.

Evann, bien décidé à avoir le fin mot de l'histoire, n'hésita pas à la réveiller :

– Toi aussi, tu collectionnes les souvenirs ?

Lily ouvrit un œil, puis suivit son doigt pointé.

– Non, je collectionne les mecs, bredouilla-t-elle.

– Comment ? Tu gardes l'odeur de tes ex ?

Nouveau sourire mutin. Evann, intrigué, se pencha pour inspecter leur contenu.

– Une façon comme une autre de ne pas les oublier… Le premier confondait le désodorisant des toilettes avec son déodorant, continua-t-elle. Le deuxième ne se séparait jamais de son chien et avait fini par prendre son odeur. Le troisième avait la fâcheuse manie de manger du roquefort au petit déjeuner.

Evann éclata de rire.

– Tu me mènes en bateau, là !

– Et encore, je ne t'ai pas parlé du quatrième ! Un sportif qui courait tout le temps, toujours couvert de sueur.

– Et ces bouts de tissu qu'on retrouve dans chaque pot ? C'est quoi ?

Lily, appuyée sur son coude, le défiait du regard et, à cet instant, il se mit à redouter la réponse.

– C'est le fond de leur poche.

– Tu coupes la poche de pantalon de tes ex ? Non ?

– Oui, discrètement, le jour où je considère que c'est fini.

Le sourire d'Evann s'évanouit subitement.

– Tu… Tu es une serial killeuse, en fait…

– En quelque sorte. Mais je ne sais pas pourquoi je te raconte tout ça ! Je ne l'ai jamais dit à personne.

– Et… celui avec la crevette séchée ?

– Un Bruxellois, rencontré en début de stage. Un amateur de croquettes de crevettes. Au début, ça m'a amusée, mais j'ai fini par me lasser.

– C'est ton dernier, apparemment.

– Non, mon dernier… c'est toi !

– Et tu vas m'enfermer dans un bocal, moi aussi ?

Il commençait à paniquer.

– Peut-être…

– Et je peux savoir quelle odeur tu auras envie de garder ?

Elle posa l'index sur sa bouche comme si c'était son secret.

– En tout cas, surtout pas cette affreuse menthe poivrée qui met du temps à partir, ajouta-t-elle en attrapant son poignet et en l'embrassant du bout des lèvres.

– Tu la sens encore ? (Lily hocha la tête.) Et pourquoi te dérange-t-elle autant ? Elle te fait penser à un de tes nombreux amants ?

– Non. Parce qu'elle ne te convient pas, c'est tout… Et après vérification, je ne comprends vraiment pas pourquoi mon patron t'a prescrit ces huiles-là !

– Vérification de quoi ?

Evann repensa à la fameuse lettre H et une inquiétude soudaine l'envahit. Se pouvait-il que Lily ait exploré cette région-là de son anatomie ? Impossible ! Comment aurait-il pu oublier ce détail ?

– D'habitude, on conseille ce genre de mélange aux hommes qui manquent de libido ou qui ont du mal à…

– À… ?

Evann souffla.

– Bref ! Toi, tu n'as vraiment pas à t'inquiéter de ce

côté-là ! s'amusa-t-elle en grimpant à califourchon sur lui, les mains à plat de chaque côté de son visage.

– Je te remercie. Ça me fait chaud au cœur !

– Raconte ! Je suis curieuse... Qu'est-ce que tu as inventé ?

– Masse-moi le bas du dos avec... C'est ce qu'il m'a conseillé pour guérir. Et après, je te le dirai !

Elle lui balança l'oreiller avant d'écraser sa bouche sur la sienne.

– J'ai envie d'autre chose, là maintenant.

– Encore ?

– Oui. Le principe de la double vérification, tu connais ?

– La double ? La quintuple, tu veux dire...

– Mieux vaut être prudente !

22

Partout où l'on sent battre son cœur

La tête contre le hublot, Evann observait la plate campagne wallonne disparaître sous les nuages. Direction l'aéroport de Mykonos. Depuis qu'il avait passé la main dans sa poche et découvert le petit trou taillé aux ciseaux, son humeur en avait pris un coup. Que croyait-il ? Que la serial killeuse trouverait son odeur tellement à son goût qu'elle déciderait de se ranger ? En le quittant ce matin, Lily ne lui avait rien promis. Juste de l'appeler quand elle reviendrait en Bretagne.

– Le téléphone, Evann, tu connais ? s'était-elle moquée de lui. Un appareil formidable qui t'aurait évité de faire huit cents kilomètres pour venir me parler.

– Un appareil qui m'aurait fait rater un sacré rencard sous la douche, tu veux dire…

– Ç'aurait été dommage, c'est vrai.

Naturellement, il l'avait embrassée en l'enlaçant si fort qu'il l'avait soulevée du sol. Un baiser langoureux qu'il avait fait durer. Durer pour le plaisir, mais aussi parce qu'il sentait que c'était peut-être le dernier. Et ce trou béant dans son pantalon venait confirmer ses craintes. Il s'en était rendu compte en entrant dans l'avion et l'avait palpé plusieurs fois jusqu'à en être certain, devant le regard inquiet de son voisin de siège. Un barbu, qui ressemblait étrangement à Papouss, son père adoptif. Quelle garce, cette fille ! Voilà bien la première fois qu'on le prenait pour un numéro. *Le combientième pot déjà ? Après le Belge, le Breton. Au suivant !* En un week-end, Lily lui en avait fait voir de toutes les couleurs. Un plan savamment orchestré : après l'avoir aguiché, totalement enivré. *Paf !* Elle l'avait retourné comme une crêpe. Le cœur en miettes et son amour-propre en lambeaux. Que la chute était brutale !

Evann donna à son voisin une nouvelle raison de s'inquiéter : il se mit à renifler ses aisselles puis le col de son tee-shirt.

– Excusez-moi, monsieur !… Vous trouvez que je pue ?

– Non ! Pourquoi une telle question ? s'étonna l'homme avec son bel accent chantant.

– Parce qu'une femme vient de me jeter comme une vieille chaussette !

– Ce sont des choses qui arrivent malheureusement. Une femme belge ?

– Non, une Française.

– Je l'aurais parié ! rétorqua son voisin en lui donnant un coup de poing amical sur l'épaule. Croyez-en ma longue expérience, il faut se méfier des Françaises !

Evann fit une moue résignée. *Se méfier des Bretonnes,*

serial killeuses, aux yeux de requin et aux moustaches de bière, plutôt. En la personne de ce vieux séducteur grec, il venait de trouver un allié. Mais pour ce qui était de lui remonter le moral, c'était mission impossible !

Depuis le départ d'Evann le matin, Lily observait le morceau de tissu posé sur son bureau. Un petit triangle blanc cassé qu'elle avait pris soin de découper avant qu'il s'habille. Un geste prémédité dont elle n'était pas fière. Qu'est-ce qu'il lui avait pris d'inventer cette histoire ? Ce trophée, plus elle le regardait, plus elle en redoutait les conséquences. Dix ans plus tôt, elle aurait jubilé ! L'inaccessible Evann Kostas, le rouleur de mécaniques. Comment avait-il pu tomber dans son piège aussi facilement ? Même si la description de ses ex – basée sur du vécu – était criante de vérité, comment la croire assez folle pour collectionner ces sortes de reliquaires ? Des flacons qui s'avéraient être, en vérité, de simples vestiges de ses recherches pour Clarisse. Et si la réaction d'Evann ne l'avait pas amusée et encouragée à continuer, elle n'en serait pas là, à chercher un moyen de se racheter. Lily attrapa le tissu à l'aide d'une pince – comme une pièce à conviction de sa propre bêtise – et l'enferma dans un petit pot. Evann Kostas, qui es-tu réellement ? Le nouveau – celui qu'elle avait découvert depuis peu – n'avait rien à voir avec l'ancien. Plus naïf et sensible que prévu. Plus troublant aussi. Au fond, peut-être ressentait-elle encore le besoin de se venger… Même des années plus tard… Une rancœur totalement absurde, vu tout ce qu'il avait fait pour elle et pour Clarisse. Ce week-end avait été un rêve éveillé. Une jolie parenthèse à un moment de sa vie où elle ne pensait pas avoir le cœur à la légèreté. Evann s'était mis à nu, au sens propre comme au figuré, avec tendresse et sincérité. Et, maintenant qu'il s'était envolé, la seule pensée d'avoir pu le blesser, d'avoir tout gâché lui donnait envie de pleurer.

– Alors Lily ? Cette brume, ça avance ?

Le parfumeur l'avait rejointe dans le petit boudoir au fond du magasin et s'était assis à ses côtés sur le canapé doré en velours. Il l'observait du coin de l'œil faire tomber quelques gouttes de sa préparation sur un mouchoir et le secouer pour faire partir l'alcool.

– Je préfère la sentir sur du coton pour mieux me rendre compte de l'effet qu'elle aura sur l'oreiller.

– Sage décision, approuva son patron en se penchant lui aussi pour respirer la brume.

Lily se tourna vers lui d'un air victorieux.

– Je crois que je l'ai !

– Affirmatif ! C'est frais, léger, bien dosé. Ça me fait penser à une phrase du *Parfum* de Süskind : « La mer sentait comme une voile gonflée où se prenaient l'eau, le sel et un soleil froid. »

– Oui, tout simplement.

– Tout simplement. Félicitations !

– C'est grâce à vous ! Je n'ai fait que vous écouter… Trois composants, pas plus.

– Grâce à moi ? Ou au jeune homme de l'autre soir ?

– Evann ?… Non, rien à voir.

– Rien à voir ? Il faut être fichtrement amoureux pour traverser la France et s'inventer un problème d'hémorroïdes afin d'arriver jusqu'à toi.

– Des hémorroïdes ? Fichtre ! plaisanta-t-elle.

– Ce n'est pas à un vieux singe qu'on apprend à faire la grimace ! J'ai bien vu la manière dont vous vous êtes dévorés des yeux… Rappelle-toi ce que je t'ai dit l'autre jour : que ton odorat était connecté à tes émotions.

– Et ?

– Je ne veux pas m'immiscer dans ta vie privée, Lily. Ça ne me regarde pas… Mais je te sens différente depuis ce week-end. Plus forte. Comme si tu avais regagné la confiance en toi que tu avais perdue.

Elle haussa les épaules et sentit monter à nouveau le voile de buée devant ses yeux.

– Vous vous trompez…

– Peut-être. Mais s'il y a bien une chose dont je suis sûr, c'est que le parfum est une histoire de cœur ! D'ailleurs, je dis souvent que si on le dépose sur sa peau partout où l'on sent battre son cœur – les artères du cou, celles des poignets –, c'est parce que les deux sont liés. Avais-tu déjà réfléchi à cela ?

Lily secoua la tête puis ferma les yeux, le cœur lourd de regrets.

Au même instant, Evann sortait de l'avion, revigoré par le souffle chaud et puissant du meltem, bien décidé à bouder les petites Françaises et à passer à autre chose.

QUATRIÈME PARTIE

« Il reste toujours un peu de parfum
À la main qui donne des roses. »

CONFUCIUS

23

Tu ne perds rien pour attendre

Le mois de juillet s'était passé sans encombre. Clarisse s'éveillait peu à peu dans le service de rééducation de l'hôpital Morvan et Hugo profitait de chaque week-end pour venir la voir et l'emmener promener dans la ville. La convalescente était capable de marcher, de courir même. Les mots lui manquaient parfois, comme le sens des choses et ses repères sur le monde. Mais chaque jour, une pierre rejoignait le mur de sa récupération et bientôt – quand les fondations seraient assez solides pour la porter vers l'avenir –, Clarisse rentrerait à Ouessant. Le médecin venait de lui en faire la promesse. Être patient – elle en prenait conscience –, c'était apprendre la patience.

Lily, elle, avait hâte de dévoiler sa brume d'oreiller à Clarisse et découvrir sa réaction. Le mois d'août, elle le passerait près de sa sœur – à Brest puis à Ouessant – avant de s'envoler vers New York pour sa dernière année de formation, au sein d'une école de commerce de Manhattan. Devenir bilingue paraissait essentiel si elle voulait se faire une place dans le marché international du parfum. Et si, un jour, lui prenait l'envie de créer sa marque ou d'ouvrir sa propre boutique, elle devait acquérir quelques notions en marketing. Lily se faisait une joie de vivre dans une mégalopole. Un dépaysement qui n'effrayait pas la petite Ouessantine, au contraire, elle trouvait ça grisant. Dans le même temps, elle devrait réfléchir à la création d'un parfum. Un mélange inédit qu'elle présenterait à son jury dès son retour en France. Une dernière formalité, et non des moindres, avant sa remise de diplôme. C'est donc avec ce programme bien en tête que Lily s'apprêtait à quitter Bruxelles. Avec son maître de stage, un lien privilégié s'était noué. Un lien qu'elle comptait bien entretenir en sollicitant régulièrement ses conseils. Outre la passion du métier, il lui avait transmis un recul nouveau sur le produit. Une dimension plus personnelle, sociale et affective. Et c'est forte de cette expérience que Lily s'apprêtait à reposer son nez en Bretagne. Qui sait ? Peut-être son chemin croiserait-il celui d'Evann… N'était-ce pas à son tour de lui courir après ? À son tour de le rassurer, de se faire pardonner ? Pour optimiser ses chances, Lily avait laissé plusieurs messages, usé de son sens de l'humour, l'avait provoqué. Mais pour l'instant, c'était « silence radio » !

Evann venait de rentrer des Cyclades, encore plus bronzé et barbu qu'à l'accoutumée. Encore plus détendu aussi. Ce dernier mois de vacances, il comptait bien le vivre à la cool, avec la même zénitude et la même sérénité adoptées en Grèce. Pas question d'ouvrir un seul cours !

Entre les après-midi plage avec les copains, les concerts du soir sur les terrasses du port du Moulin-Blanc, il essaierait de faire quelques allers-retours à l'hôpital Morvan. Un peu de bénévolat en pédiatrie, quelques visites à Clarisse pour s'assurer de sa bonne évolution. Juste pour le plaisir de se rendre utile. Car chez Evann, s'occuper des autres n'était pas une contrainte, mais une nécessité. Une façon de garder l'équilibre, de rester droit dans ses bottes. Et quant à Lily, il avait décidé de tenir bon ! Comme le lui avait suggéré l'homme de l'avion, il s'était mis en tête de fuir les Françaises jusqu'à nouvel ordre. Un conseil qu'il avait d'ailleurs appliqué en Grèce puis, dès son arrivée à Brest, en contactant la jolie Erasmus allemande qu'il avait lâchement abandonnée dans son lit. Il avait bien conscience du ridicule de sa démarche et de sa grossièreté. N'était-il pas en train de reproduire tout ce qu'il avait détesté chez Lily ? Que représentait cette étrangère pour lui ? Un pansement pour recouvrir une plaie ? La jolie blonde, montée sur échasses, s'était montrée plus rancunière que prévu et avait eu la sagesse de lui raccrocher au nez. Suivre le conseil de l'homme de l'avion ne serait sans doute pas si facile. Surtout que la femme requin n'avait pas dit son dernier mot.

Son aileron pointait à chacun de ses messages. Des irruptions dans sa vie qui se faisaient de plus en plus nombreuses. Effrontées, insolentes. À son image. Mais pourquoi lui avait-il laissé son numéro de téléphone ? Il aurait mieux fait de s'abstenir !

Comment vas-tu ?
Donne-moi des nouvelles.
Tu boudes ?

Et le vrai visage de Lily n'avait pas tardé à refaire surface :

Et tes hémorroïdes ? Ça va mieux ?
Clarisse m'a dit que tu te faisais pousser la moustache, c'est vrai ?
Ça te dirait une douche, un de ces quatre ?

Et plusieurs jours plus tard :

Moi, je suis open !
Quand tu veux !
Et pourquoi pas un bain de minuit ?
J'ai trouvé des mites dans ma chambre.
Ne t'étonne surtout pas si tu as des trous dans ton pantalon.

La garce ! Le pire, c'était qu'elle parvenait à le faire sourire. À tous les coups !

Après une indigestion de croquettes de crevettes, c'est décidé, je rentre !
Tu viens me chercher à la gare ? Samedi prochain, 20 heures. J'aurai besoin d'aide.
Si tu savais le nombre de flacons ajoutés depuis ton départ ! Une centaine au moins !

Je vais crouler sous les valises !

Simple précision, au cas où tu aurais prévu de venir à vélo.

Et attention ! Le verre, ça casse !

Des messages qui survenaient à n'importe quelle heure de la journée et de la nuit. Et vu leur teneur, il préférait les garder pour lui. Prendre ses distances était la seule manière de se protéger – il en avait conscience –, mais plus d'une fois l'envie de lui répondre avait manqué de l'emporter sur la raison :

Tu ne perds rien pour attendre !

C'était la première phrase qui lui venait à l'esprit dans ces cas-là. L'expression favorite de Giagiá quand elle s'énervait contre lui et qu'elle n'arrivait pas à le rattraper. Mais son doigt restait en suspension au-dessus de l'écran, sans bouger. Pourquoi lui donner le plaisir d'une réponse ? Il en était persuadé : tôt ou tard, la serial killeuse se présenterait à sa porte et il serait là pour l'accueillir !

24

Il faut appeler un chat un chat !

– Quelle folle ! déclara Evann en découvrant le dernier message de Lily, alors même qu'il pénétrait dans la chambre.

Un peu plus tôt, son frère, de permanence en pédiatrie, lui avait demandé de le rejoindre au chevet de son petit malade. Voilà plusieurs semaines que Gabriel s'évertuait à divertir Gwendal, cloué au lit après une chirurgie de l'abdomen complexe, sans remporter grand succès. Dans la bouche de ce garçon de dix ans, les adjectifs pleuvaient pour qualifier les jeux de société qu'il lui proposait : nuls, dépassés, pourris, ennuyeux, débiles… Et le bénévole, à court d'idées, avait appelé Evann à la rescousse. Sans se douter que le vacancier débarquerait directement de la plage, en tongs et en short, l'air hilare, les yeux rivés sur son téléphone.

– Hey !… Tu es avec nous ? s'impatienta Gabriel, alors qu'il s'éternisait à enfiler le tee-shirt bleu de l'association.

– Désolé, juste le temps d'enfiler ma cape de magicien et je suis à vous.

– C'est qui, ce guignol ? s'inquiéta l'enfant, avec sa repartie habituelle.

– Mon frère.

Lorsqu'il détailla ses cheveux crépus, ses yeux chocolat, sa peau dorée et sa poitrine musclée engoncée dans ce haut trop petit pour lui, il sourit pour la première fois de la journée.

– Je l'aurais parié.

Evann fit mine de se retrousser les manches et se dirigea vers eux d'un pas décidé.

– Bon, expliquez-moi… À quoi joue-t-on ?

– À rien ! bouda le garçon en désignant la pile de boîtes en carton devant lui.

– O.K., ça me va… Ces jeux-là sont pour les bébés de toute façon ! (Gabriel leva les yeux au ciel.) Mais attends voir, il y a un truc bizarre qui dépasse de ton oreille, dit-il en fronçant les sourcils, juste avant qu'un Carambar tombe dans sa paume ouverte.

– Comment t'as fait ça ?

Evann feignit de ne pas comprendre la question. Et, en deux mouvements de doigts, le bonbon disparut aussi vite qu'il était venu.

– Si tu veux, je t'apprends.

– C'est surtout le Carambar qui m'intéresse !

– Si tu veux l'avoir, il va falloir bosser ! Tout travail mérite salaire, rétorqua-t-il en sortant son jeu de cartes de sa poche arrière.

– C'est faux ce que tu dis. Les bénévoles de ton

association ne touchent pas un rond pour s'occuper de sales mômes comme moi !

Evann éclata de rire et se tourna vers Gabriel :

– Je commence à bien l'aimer, ce gosse ! Tu as bien fait de m'appeler.

Une heure plus tard, lorsque les deux frères passèrent le relais à l'infirmière avec son chariot de médicaments, c'est un garçon bien fatigué qui les salua du fond de son lit. Mais un garçon détendu, dont la mauvaise humeur et l'agressivité s'étaient étiolées au fil des tours de magie. Gabriel avait observé la transformation s'opérer naturellement et, même s'il ne complimenterait jamais Evann, il admirait sa capacité à gagner la confiance des gens et à leur faire du bien par sa simple présence. Un pouvoir dont il avait lui-même fait l'expérience auprès des bébés, mais qui lui semblait impossible d'exercer sur les plus grands.

– À partir d'aujourd'hui, j'aimerais que tu t'occupes de Gwendal, si ça ne te dérange pas...

– Avec plaisir ! Il est chouette, ce gamin.

– J'ai accepté cette mission parce qu'on manquait de monde pendant l'été, mais ma place est plutôt chez les nourrissons.

– Je confirme ! Tu es meilleur berceur que clown...

– J'espère que Giagiá va réussir à recruter des bénévoles à la rentrée.

– Surtout que je vais devoir arrêter... Que je le veuille ou non, je suis du côté des blouses blanches maintenant.

– Comment ça ? Que tu le veuilles ou non ?... Tu le veux bien, j'espère !

– Oui, je crois que j'ai choisi mon camp !

Gabriel posa la main sur l'épaule de son frère et la pinça pour approuver son choix.

– Tu viens prendre un verre ?... Anna et Marie-Lou nous attendent au *Gobe-mouches*.

– Tout à l'heure peut-être, je dois d'abord passer en rééducation voir une patiente.

– Une patiente ? T'es en vacances, je te signale.

– Clarisse... Tu sais, je t'en ai déjà parlé.

– Tu es vraiment sûr d'avoir choisi ton camp ? Je ne fais peut-être pas médecine, mais je connais la définition d'une patiente.

– Et ?

– Et là, tu mélanges tout ! (Evann baissa la tête pour éviter son regard inquisiteur.) Si Clarisse était réellement ta patiente, tu n'aurais pas passé tes vacances en Grèce à récolter un tas de choses pour elle, ni couru jusqu'à Bruxelles pour informer sa sœur, ni lu un livre entier sur les neuro... Les neuro-quoi, déjà ?

– Les neurosciences comportementales, bredouilla Evann.

– Ni passé ton temps scotché à ton téléphone, à attendre ses messages...

– C'est bon ! J'ai compris !... Mais je t'arrête tout de suite, il n'y a rien entre Clarisse et moi. Elle a un copain et c'est tant mieux.

– Alors, si ce n'est pas elle… c'est sa sœur que t'as dans la peau ? Ton amie de lycée ?

– Comment sais-tu tout ça ?

– Marie-Lou…

– C'est pas vrai !… J'ai droit à une vie privée ou ta bande d'espions va continuer à me traquer ?

– Je dis juste que tu as changé… Plus rêveur, plus rangé. Les parents m'ont même fait la réflexion.

– J'ai grandi, c'est tout !

– À d'autres !… Pas la peine de faire semblant de draguer les touristes, ni de faire croire que Clarisse est ta patiente. Il faut appeler un chat un chat ! Et toi, tu es amoureux. Ça ne fait pas de doute !

– Et toi, t'es chiant !

Alors qu'Evann lui tournait le dos, en chassant l'air de sa main et cette discussion avec, Gabriel riait. Un rire exagéré, à s'en tenir les côtes, pour que son frère l'entende. Combien de temps ce chat susceptible allait-il se rebeller et refuser de voir la vérité en face ?

25

La filature peu discrète

En quelques semaines, Clarisse était devenue une autre personne. Si physiquement elle était restée la même, la jeune femme avait gagné en dynamisme et en vitalité. Ses membres se déplaçaient avec plus d'aisance et son regard s'accrochait aux autres de manière plus pénétrante et lumineuse. Comme la fois où Evann avait toqué à sa porte et qu'elle était venue lui ouvrir elle-même. Il était demeuré médusé face à cette étrangère qui le détaillait des pieds à la tête d'un air perplexe. L'homme en short s'était senti déshabillé et avait regretté de ne pas porter de blouse. Les paroles de son frère lui trottaient dans la tête. Que représentait-il pour elle ? Un soignant ? Un ami ? Rien du tout, à voir son regard hésitant. Manifestement, son visage avait été gommé de sa mémoire, comme les premiers jours de son hospitalisation. Et il avait dû prononcer son nom plusieurs fois pour qu'elle l'imprime enfin.

– Evann, tu dis ?... Étudiant en médecine ? En neurologie ? Une grande visite ?

– Oui, celle du professeur Daguain… Un grand chauve en sandales, avec des chaussettes de sport.

Clarisse avait répété chacun de ses mots en bougeant les lèvres de façon silencieuse puis, après un bref sursaut, avait tendu machinalement la main vers lui. Et ses doigts fins étaient allés se perdre dans ses cheveux.

– Un chauve ? Pas comme toi, alors…

Une familiarité soudaine qui l'avait mis mal à l'aise. Il n'y avait pourtant aucune once de séduction dans son geste, ni dans sa manière de le regarder. Juste de la curiosité et la méconnaissance des règles sociales et de l'espace conventionnel à respecter.

– Hum !… En tout cas, je te trouve bien installée ici, avait-il déclaré en reculant d'un pas, surpris de voir à quel point la décoration de Lily avait été reproduite à l'identique.

Les pêle-mêle de photos sur les murs, les flacons sur l'étagère, l'écharpe rouge pendue à la potence. Tout y était. Et de nouveaux objets avaient investi les lieux, comme une boîte à dessin, des livres, un ordinateur portable. Evann s'était intéressé à un damier recouvert de cubes en bois mais, lorsqu'il lui avait demandé les règles du jeu, Clarisse n'avait pas prêté attention à sa question et s'était mise à faire les cent pas en tournant autour de lui de plus en plus vite.

– J'ai besoin d'air !… Besoin d'espace… Emmène-moi voir la mer.

– Je ne peux pas.

– S'il te plaît !

– Non, désolé... Une sortie, ça s'organise.

– Juste quelques minutes... Elle est au bout de la rue, la mer.

C'était la première fois qu'elle manifestait de l'envie pour quelque chose. Il y avait encore un peu de lenteur dans sa façon d'enchaîner les mots, de monotonie dans son intonation, un peu d'hésitation parfois, mais Clarisse savait très bien se faire comprendre. Et, dans ce cas précis, son insistance à vouloir faire le mur commençait à devenir gênante.

– N'insiste pas, Clarisse... Une prochaine fois, si tu veux.

– On est quel jour déjà ?

– Samedi. Ta sœur arrive ce soir en train... À vingt heures. Tu te souviens ?

Pourquoi lui avait-il parlé de Lily ? La phrase était sortie toute seule. Evann avait sondé le visage de Clarisse, s'attendant à une réaction de surprise de sa part. Des questions du genre : « Comment le sais-tu ? Tu la connais ? Tu comptes aller la chercher ? » Mais rien. La jeune femme s'était penchée au-dessus de son réveil et lui désignait les aiguilles.

– Rappelle-moi... c'est la grande qui donne les heures ou la petite ? J'oublie tout le temps.

– La petite.

– Alors, il est... six heures huit.

– Six heures quarante, avait-il rectifié.

Et Clarisse s'était mordu les lèvres en prenant un air concentré.

– Donc, elle arrive dans combien de temps, Lily ?

Ce calcul, il aurait souhaité qu'elle le fasse elle-même, mais il avait senti que c'était prématuré.

– Dans une heure vingt… Ce sera sans doute trop tard pour te rendre visite. Je pense qu'elle viendra plutôt demain.

– Et toi ? Comment tu t'appelles déjà ?

– Evann.

– Tu reviendras ?

– Oui, je te le promets.

– Et si tu vois le médecin… tu pourras lui demander ?

– Quoi ?

– Quand est-ce que je sors ?

– Il ne te l'a pas dit ?

– Bientôt… Il a dit bientôt. Mais je ne sais pas combien d'heures et de minutes ça fait.

Clarisse semblait sérieuse et Evann n'avait pas voulu l'inquiéter. D'après lui, bientôt se comptait en jours, peut-être même en semaines.

Lily n'avait qu'un seul bagage. Une toute petite valise cabine à roulettes. Elle venait de sortir du hall de la gare, la mine rêveuse, comme à son habitude. Ses cheveux relevés en un chignon bun dont les mèches rebelles volaient au-dessus de ses épaules. Dès qu'il l'aperçut, Evann, caché derrière un poteau, se jugea trop voyant et fit un grand pas chassé vers l'abri de bus voisin. Ce panneau publicitaire, avec cette fille pulpeuse en bikini, ferait un écran idéal pour continuer à l'observer sans se faire remarquer. Pas question de la cueillir comme une fleur. Il ne lui ferait pas cette joie ! Même si son regard perdu, qui tournait dans tous les sens, lui pinçait le cœur et s'il devait se faire violence pour ne pas aller à sa rencontre. Ce charme magnétique, c'était indécent ! Rien de clinquant, d'osé, d'aguicheur. Juste une combinaison rouge toute droite, avec de fines bretelles, qui n'avait nul besoin d'être bien taillée tant un rien habillait son corps menu. Lily jeta un coup d'œil à son téléphone avant de le replacer tristement dans son sac. À croire que le requin n'avait plus le cœur à rire ni à lui envoyer de messages. *Si tu savais le nombre de flacons ajoutés depuis ton départ ! Une centaine au moins ! Je vais crouler sous les valises !* Tu parles ! Elle faisait moins la maligne ! Un bref instant, il crut qu'elle l'avait repéré, mais c'était sans doute le maillot de bain qui captait son attention.

Ne pas l'imaginer dans cette tenue minimaliste, grimper sur le rebord de l'abri pour se cacher entièrement, ne plus bouger. Qu'attendait-elle comme ça, le nez en l'air, au milieu de la place ? Qu'un de ses prétendants tombe du ciel ? Une telle fille devait en avoir un dans chaque port ! Quand ses petites sandales dorées se décidèrent enfin à avancer, Evann sauta de son perchoir pour la prendre en filature. Une filature peu discrète, faite de sauts de puce à droite et à gauche, de courses et de ralentis. Direction le port du Château et sa marina ! Emportée par la pente, la belle accéléra la cadence, comme si elle prenait un malin plaisir à le semer. Où courait-elle comme ça ? Vers l'embarcadère ? Il n'y avait plus de bateau pour Ouessant à cette heure. Comptait-elle se saouler dans un des bistrots du port ? Lily continuait son chemin, sans se soucier de lui, la tête dans les nuages et le pas décidé. Et lorsqu'au détour d'une rue, la flâneuse s'arrêta enfin, Evann bondit sur le côté pour s'engouffrer sous une porte cochère. Tapi dans l'ombre, l'espion l'observa sonner à l'interphone d'un immeuble vétuste et se pencher en annonçant sa présence. À la voir minauder et se recoiffer face au visiophone, ce devait être quelqu'un d'important pour elle. Evann fit la moue. Pourvu qu'il puisse au moins discerner son visage ! Un visage qui ne se fit pas longtemps attendre. Ou plutôt le corps survolté d'un homme qui s'empressa de prendre Lily dans ses bras en la faisant tourner dans les airs, tant il était heureux de la voir. Vision d'horreur que ce grand blond aux dreadlocks, au tee-shirt trop court et au caleçon distendu, qui sautillait sur place en faisant claquer ses tongs sur le bitume. Vision d'horreur que ce gros chien baveux qui imitait son maître et tournoyait autour d'eux. Vision d'horreur, ses mains pressées sur Lily. La Belle et la Bête. Evann n'en croyait pas ses yeux. Une Bête qui, dans cette tenue, ne risquait pas de se retrouver avec un trou dans la poche !

26

L'histoire de Phineas Gage

Le Gobe-mouches. Evann ne lui avait pas menti. Ce bar existait vraiment ! Debout, face à la devanture, Lily se félicitait de l'avoir localisé. N'était-ce pas le seul indice qu'il lui ait laissé ? Le seul endroit de Brest où elle pouvait espérer le trouver ? Elle se souvenait qu'à Bruxelles, il l'avait comparé à *Madame Moustache* et qu'ils avaient ri tous les deux. Puisqu'il s'évertuait à la fuir, à la traquer à distance comme une criminelle, c'est elle qui venait à lui. En descendant du train, elle l'avait tout de suite repéré derrière l'abri de bus, lui et sa tignasse de chanteur de gospel. Elle aurait dû lui sauter au cou, ou lui crier « vu ! », comme dans un jeu de cache-cache. Sur le moment, ça l'avait amusée. Ses sauts de cabri dans son dos, sa curiosité quand elle avait sonné chez Gwen – son ami d'enfance – puis sa mine déconfite quand ce dernier l'avait accueillie en fanfare. Mais depuis quelques jours, ça ne l'amusait plus du tout. L'espion n'avait pas refait surface, la cohabitation avec un ado attardé et son chien collant commençait à lui peser, sans parler de Clarisse qui boudait ses visites. Pas de sourire en arrivant, pas de réaction quand elle avait aspergé ses draps de sa brume d'oreiller. Même pas un : « ça sent bon », un « merci ». Rien.

– On se connaît, non ?

Lily se fraya un chemin jusqu'au comptoir, surprise par le monde et l'agitation qui régnaient dans ce bar un vendredi soir. Surprise aussi par la diversité de la clientèle, où toutes classes sociales et générations confondues se côtoyaient dans un joyeux bazar. Les odeurs se mélangeaient, elles aussi, pour donner un curieux mélange d'alcool, de café, de viande fraîche et de saucisses fumées, provenant de la boucherie attenante. À peine fut-elle accoudée au bar qu'une jeune femme brune vint l'aborder.

– Tu es la sœur de Clarisse Joyeux ! Je me souviens maintenant, se réjouit-elle en s'asseyant à ses côtés. Tu lui ressembles tellement !

– On s'est déjà croisées ?

Cette fille dégageait un tel charisme, une telle assurance qu'elle ne pouvait l'avoir oubliée. Impossible. Lorsqu'elle lui serra la main avec le même enthousiasme, Lily fut curieuse d'en savoir plus. Une femme qui lui serrait la pince si énergiquement – comme un homme – ne pouvait que lui inspirer confiance !

– Pardon !… Je ne me suis pas présentée : Marie-Lou Alessi, je suis interne en neurologie. Et Clarisse était ma patiente.

– Y a-t-il une personne à Brest qui ne se soit pas occupée de Clarisse ? ironisa Lily, un peu amère.

– C'est vrai ! Tu connais Evann aussi.

– Comment le sais-tu ? Il t'a déjà parlé de...

– Evann ? Mon petit voisin du dessus ? les coupa la tenancière, qui laissait toujours une oreille traîner. Moi, c'est Yvonne et les amis d'Evann sont mes amis ! Un petit « Gobe-mouches » pour trinquer en l'attendant ? Je suis sûre qu'il ne va pas tarder à pointer le bout de son nez. Surtout s'il a donné rendez-vous à une jolie fille comme toi !

Lily sourit puis trempa prudemment ses lèvres dans l'épais cocktail brunâtre servi à ras bord. La quinte de toux qui suivit provoqua une explosion de rires autour d'elle, ce qui motiva la patronne à continuer son bizutage. La grosse femme disparut par la porte de derrière pour lui préparer une assiette d'andouille de Guémené – autrement dit, les fameuses pistaches-cacahouètes de la maison. Et la tornade Yvonne passée, Marie-Lou put enfin reprendre leur conversation :

– Comment va ta sœur ? Je n'ai pas eu de nouvelles depuis qu'elle a intégré le service de rééducation.

Lily haussa les épaules.

– J'ai du mal à répondre à cette question, soupira-t-elle. Clarisse est en vie. Elle marche, elle court, elle parle... Dit comme ça, on pourrait croire qu'elle est guérie. Et pourtant, ce n'est plus la même.

À ces mots, Marie-Lou aperçut Evann pénétrer dans le bar et lui jeter un regard assassin en découvrant son interlocutrice. Après un tel aveu, elle ne pouvait pas le laisser les interrompre. Pas maintenant. D'un signe de main discret, Marie-Lou lui fit signe de ne pas se montrer.

Et c'est la mine renfrognée qu'il vint s'asseoir sur un tabouret, dans le dos de Lily. La douleur sur son visage. Son attitude, le nez plongé dans son verre, comme si les vapeurs de l'alcool étaient capables de soulager sa peine. Tout laissait penser que Lily avait besoin d'être écoutée, éclairée. Qu'elle devait libérer ce qu'elle avait sur le cœur.

– Je comprends ce que tu ressens, déclara l'interne avec sollicitude.

– Vraiment ? Parce que j'ai l'impression de ne pas être claire… Je devrais être soulagée de la voir s'éveiller, se battre pour récupérer toutes ses facultés. C'est fou tout ce qu'on lui propose : kiné, orthophonie, ergothérapie, neuropsychologue, psychomotricienne… Je suis admirative. Moi qui avais peur qu'on la laisse toute seule dans son coin ! Mais, malgré tous ses efforts, je ne peux pas m'empêcher de la comparer à celle que j'ai connue. La Clarisse d'avant. Plus pétillante, vivante, plus caractérielle aussi. C'est comme si quelqu'un d'autre occupait son corps. Quelqu'un qui ne sourit plus, n'éprouve plus rien. Quelqu'un qui ne partage plus les mêmes souvenirs, qui n'a plus la même manière de bouger, de froncer le nez, de hausser les sourcils, de regarder.

La voix de Lily s'était enrouée, puis elle s'était raclé la gorge pour masquer un sanglot. Evann s'était figé, ému par la sincérité de ses propos. Il ne s'attendait pas à une discussion aussi grave, aussi intense dans un tel endroit. Surtout venant de deux personnes qui ne se connaissaient pas. Gêné de l'écouter à son insu, il s'était mordu les lèvres, faute de pouvoir intervenir.

– Il est possible que Clarisse ait un peu changé de personnalité après le traumatisme qu'elle a subi, expliqua Marie-Lou en posant la main sur l'épaule de Lily. Le cerveau – et particulièrement le lobe frontal – permet de nous singulariser les uns des autres. Grâce à lui, nous sommes *nous* – et personne d'autre. À lui seul, il régit les émotions, les capacités de jugement, l'interaction sociale... Tu as déjà entendu parler du destin tragique de Phineas Gage ? (Lily secoua tristement la tête et, derrière elle, Evann fronça les sourcils, pas convaincu qu'il faille lui raconter cette histoire.) Cela se passe aux États-Unis, au début du XIXe siècle. Gage a vingt-cinq ans. Il est contremaître, employé aux chemins de fer. Un homme apprécié de tous, travailleur, sociable et attentionné. Lors d'une explosion sur le chantier, il est heurté accidentellement par une barre à mine, qui transperce littéralement la partie frontale de son cerveau.

– Quelle horreur ! grimaça Lily en portant la main à sa bouche, pendant qu'Evann se tapait le front avec le plat de la main, en jetant à Marie-Lou un regard noir.

– Attends la suite !... Les conséquences de ce drame sont encore plus surprenantes que l'accident lui-même. Malgré l'ampleur et la gravité de l'impact, Gage ne meurt pas. Il n'est même pas inconscient un seul instant. Et, moins de deux mois plus tard, il est considéré comme guéri. Il n'a aucun problème pour marcher, pour parler et sa mémoire est parfaitement intacte. Pourtant, il a profondément changé, comme s'il avait perdu ses émotions, il ne fait plus attention aux autres et ne sait plus comment se comporter en société.

– Comme Clarisse, déplora Lily. Et comment ça s'est fini pour lui ?

Marie-Lou jeta un œil inquiet à Evann. Celui-ci était en train de lui mimer les gestes d'un rameur à la dérive et elle décida de bâcler la fin de son histoire.

– Pas très bien… Il a perdu son travail et ses proches se sont détournés de lui, bredouilla-t-elle à toute vitesse avant de boire une grande gorgée.

Puis, il y eut un blanc. Les deux femmes se regardèrent dans les yeux. Un échange sincère, bienveillant. Lily attendait une suite plus heureuse manifestement, mais elle appréciait la franchise de Marie-Lou. L'exemple qu'elle venait de lui livrer, Lily sentait qu'elle en avait besoin. Besoin pour comprendre Clarisse. Besoin pour mieux réagir. Evann, de son côté, redoutait sa réaction. Il n'avait plus de rancœur vis-à-vis du requin. Plus de distance à prendre. À cet instant, il avait plutôt envie de la serrer dans ses bras, au risque de se faire dévorer.

– Cette nouvelle Clarisse, ajouta Lily dans un murmure, il va falloir que j'apprenne à l'aimer alors. (Marie-Lou confirma.) Mais avant, il va falloir que je fasse le deuil de l'autre.

– C'est trop tôt pour parler de deuil. Il faut garder espoir.

– En tout cas, je ne la laisserai jamais tomber, crois-moi.

Marie-Lou n'en doutait pas. L'homme derrière elle, non plus d'ailleurs. Et c'est le moment que choisit Yvonne pour débarquer comme une fleur, avec son assiette remplie de cochonnaille.

– Evann ! glousa-t-elle en arrondissant sa bouche en cul-de-poule. Te voilà enfin ! Alors, comme ça, on fait attendre les femmes ?

Lily fit volte-face, les larmes pointant au coin de ses yeux. Surprise de le voir si proche, elle se demanda depuis quand il était assis là. S'il avait assisté à la conversation. Vu l'intensité de son regard et l'émotion qui l'enveloppait, la réponse était oui. Une barbe naissante couvrait son menton et ses cheveux avaient poussé. On aurait dit une crinière de lion. *Evann Kostas ! Cette fois, tu ne peux plus faire semblant de ne pas me voir ! Tu ne peux plus te cacher !* Étrangement, Lily sentit qu'elle n'avait plus besoin de se faire pardonner et cette idée chassa le reste.

27

Le coup du ver solitaire

Avant que Marie-Lou s'éclipse pour rejoindre ses amis et sa petite famille dans le fond du bar, elle prit soin de donner à Lily son numéro de téléphone, au cas où elle aurait besoin d'autres informations concernant sa sœur et les mystères du cerveau. Evann n'en revenait pas de la rapidité avec laquelle cette complicité s'était nouée entre les deux femmes et salua Marie-Lou avec une moue reconnaissante. En se retournant pour la suivre du regard, il ne fut pas surpris de tomber sur une rangée d'yeux rivés sur lui. Anna, Matthieu et son frère Gabriel les fixaient – Lily et lui – avec une pointe d'amusement mêlée de curiosité. Dans le signe de main énergique qu'il leur adressa, Evann hésita entre un simple « bonjour » ou un « fichez-moi la paix », ce qui ne manqua pas de les faire sourire encore une fois. Lily, de son côté, s'évertuait à aspirer son cocktail par petites gorgées, sans lui adresser un mot. Le bout de son nez avait pris une teinte rose et Evann se demanda si l'alcool pouvait avoir des effets aussi immédiats.

– Alors, comme ça, tu gobes les mouches ?

– Tu m'en avais parlé, alors j'ai eu envie d'essayer, marmonna-t-elle dans sa paille.

– Verdict ?

Elle toussota plusieurs fois.

– Ça arrache !

– Et encore, j'ai fait light ! s'offusqua Yvonne derrière son comptoir. T'es vraiment une petite nature !

– Disons que c'est un bon désinfectant, commenta Evann en s'emparant du verre pour que Lily arrête de s'enivrer.

Une comparaison qui plut beaucoup à la tenancière.

– Justement ! Toi le futur toubi', explique donc à Jean-Claud' qu'au *Gobe-mouches*, on désinfecte plus qu'on empoisonne !

Elle désigna un homme aux pommettes piquetées de rouge, accoudé un peu plus loin. Il haussait les épaules avec une mine renfrognée, penché sur sa pinte de bière.

– Hein ? C'est impossible qu'il l'ait attrapé chez nous, son ver solitaire !

– Son quoi ? manqua de s'étrangler Lily.

– Son ver solitaire ! cria Yvonne au cas où tout le bar ne l'aurait pas entendue. Et il a le toupet d'accuser les côtes de porc de Francis !

Elle s'était retournée vers la boucherie pour que son frère puisse profiter de la conversation.

– Je ne t'avais pas dit de les bouffer crues ! C'est ti pas inc'oyable ! s'époumona le boucher.

– Je te préviens tout de suite, Jean-Claud', si c'est le seul moyen que t'as trouvé pour avoir de la viande gratuite, tu fais fausse route !... Francis ne te fera pas de cadeau !

– J'accuse personne, moi ! grogna l'homme, dont les joues devinrent plus rouges encore. Je suis même triste qu'il soit mort, mon ver ! Je l'aurais bien gardé plus longtemps... Grâce à lui, je pouvais me gaver sans prendre un gramme.

Yvonne posa ses deux mains sur ses hanches en gloussant comme un dindon.

– Sans prendre un gramme, tu dis ?... Franciiiis, sers-moi donc un bon rôti de porc, que je le gobe tout cru ! Je veux mon solitaire, moi aussi !

– Un diamant ? l'interrogea Matthieu, qui suivait la conversation depuis la table du fond.

– Ha ha ha ! Et pourquoi pas ?... Qui sait ? Il y a peut-être une bague cachée dans le rôti de Francis.

Pendant ce temps-là, Lily riait aux éclats. Un rire rauque qui chassait tout sur son passage : l'état de Clarisse, la cohabitation désastreuse, la morosité de la vie en général. Evann, attendri, ressentit une furieuse envie de l'embrasser. Là, maintenant. Elle, et son humeur joyeuse, qui ne cherchait pas à jouer les pestes ni les collectionneuses.

– Comme tu vois, au *Gobe-mouches*, on ne chasse pas uniquement les mouches, lui murmura-t-il à l'oreille.

– On chasse quoi d'autre, alors ?

– Les problèmes, les angoisses... Bref, on passe du rire aux larmes. Ou plutôt des larmes au rire.

Sa remarque la troubla. L'intensité de son regard aussi, noyé dans le sien. Cette gravité bienveillante, elle ne la connaissait chez aucun autre. Evann lisait en elle à livre ouvert. Et sur ce point, il avait raison : rire lui faisait un bien fou.

– Et si on y allait ? s'impatienta-t-elle soudain.

Sa barbe, elle avait envie d'y croquer, comme dans un nuage de sucre rose sur un bâton de bois.

– Où ?

– Chez toi.

À son tour d'être décontenancé maintenant. Face à lui, le requin venait de refaire surface et voilà qu'il ouvrait grand sa mâchoire.

– Trop peur que tu t'attaques à mon short, déclara-t-il en retournant ses poches.

– Promis, je saurai me tenir !

– À te voir me reluquer comme si j'étais ton quatre-heures, j'ai un sérieux doute.

– J'étais juste en train de t'imaginer sous la douche, répondit-elle du tac au tac.

Sur quel pied danser avec Lily ? Le droit ou le gauche ? À lui de savoir s'il avait envie de jouer ! Il y avait de la malice dans sa façon de parler, de bouger, d'observer. Avec le bout de son nez qui rosissait à mesure que ses grands yeux verts le déshabillaient. Il avait chaud, il avait froid. Il ne répondait plus de rien. Et c'est le moment que choisit Yvonne pour rompre la magie en se penchant vers eux avec son assiette remplie d'andouille.

– Encore une petite faim ?

Lily lui sourit poliment avant de jeter sur sa proie un regard suppliant.

– C'est gentil, mais on va devoir y aller ! déclina Evann en l'entraînant par la main.

– Déjà ? J'espère au moins que vous n'avez pas cru aux foutaises de Jean-Claud' ?

– T'inquiète pas, Yvonne, lui cria Matthieu depuis le fond du bar. Vu la tonne de cochonnaille que Marie-Lou a ingurgitée depuis son arrivée ici, s'il y avait eu un ténia dans ta viande, ça fait longtemps qu'elle l'aurait chopé !

Coup de coude vexé de la brune à son grand gaillard de copain, suivi d'un clin d'œil complice au couple qui se faisait la malle. Le thème « ver solitaire » allait sûrement les occuper une bonne partie de la soirée. Le comique de répétition – comme les pistaches-cacahouètes – était une des spécialités de la maison.

Hochement de tête approbateur de Gabriel à son frère en le voyant franchir la porte en si bonne compagnie. Traversée hâtive de la haie de fumeurs amassés sur le trottoir. Clé rouillée ou main un peu trop fébrile pour s'attaquer à la serrure de la porte de l'immeuble. Baiser volé, une fois refermée. Un baiser sauvage de croqueuse d'hommes. Un corps affolant, monté sur la pointe des pieds, plaqué férocement contre le sien. Une robe, de plus en plus légère, tombant à ses pieds. Des gloussements d'interdit, de folie douce. Une course-poursuite dans les escaliers, nus comme des vers. Pas solitaires cette fois. Des papillons dans le ventre et l'envie de voler au-dessus des marches pour arriver plus vite.

28

Le Bois d'Amour

La course-poursuite continua une bonne partie de la soirée. Une course pour le plaisir de se chercher, de s'attraper, de crier. Et très vite, il n'y eut pas une seule pièce que Lily n'ait visitée. D'une façon pas très commune, certes, à l'image de leur relation tumultueuse. Evann en ressortit le dos éraflé par le plancher de l'entrée, avec quelques égratignures entre les omoplates, traces de son passage dans le placard à balais. Quant à Lily, ce fut le comptoir de la cuisine qui lui marqua les fesses et les ressorts du canapé qui lui laissèrent de curieux tatouages sur les cuisses. Qu'importe ! La lutte finale en valait le coup et ils ne s'étaient jamais sentis aussi vivants !

– C'est complètement indécent, ce qu'on vient de faire. J'ai mal partout ! gémit-elle, tout sourire, en reprenant sa respiration.

La nuit tombait sur Brest, on entendait les rires des fumeurs sur le trottoir, la brise fraîche du soir faisait voler les voilages. Les deux amants venaient de finir leur course sur le matelas doux et moelleux de la chambre et prenaient le temps de se regarder pour la première fois depuis l'effort. Avec cette montée d'endorphines qui les faisait planer et sourire d'un air béat.

– Tu m'as cherché, tu m'as trouvé, dit-il en continuant à la manger des yeux.

Du rose, il n'y en avait pas seulement sur le bout de son nez, mais aussi sur son front perlé de sueur, ses joues, son cou et tout le reste qu'elle cachait désormais sous la couette.

– Maintenant, tu vas devoir expliquer à tes voisins pourquoi ma robe et ma petite culotte traînent devant leurs boîtes aux lettres.

– Je leur dirai que j'ai reçu un colis très spécial. Un colis belge, une sorte de bombe à retardement, à ouvrir d'urgence.

– Et tu as réussi à la désactiver ?

– Non, la bombe m'a explosé dans les mains… D'où la pluie de petites culottes !

Lily lui balança l'oreiller à la tête puis sauta hors du lit à la recherche d'un vêtement à passer. Après avoir fouillé dans les placards, elle opta pour le fameux tee-shirt JE SUIS DE BONNE HUMEUR, ALORS, NE M'ÉNERVEZ PAS qui collait parfaitement à sa gaieté du moment, et elle partit explorer l'appartement plus calmement, à la verticale cette fois. Elle aima l'odeur du parquet, les planches qui craquaient sur son passage, la lumière jaune orangé du plafonnier et les stries qu'il diffusait sur les murs. Elle aima la simplicité qui y régnait, le « rangé vite fait bien fait », l'essentiel qui ne s'encombrait pas du reste, où chaque objet renfermait un indice sur la vie d'Evann. Dans son étui ouvert, au milieu du salon, une trompette brillait sous les lumières des réverbères. Sa dégaine d'artiste, elle comprenait mieux maintenant ! Et vu la complexité des partitions sur le pupitre, le musicien n'en était pas à ses premières notes. Quels autres talents cachés allait-elle découvrir encore ? Elle sourit en passant en revue le paquet de jeu de cartes, le coffret de boules de pétanque et l'échiquier posé sur la table basse. Les pions épars lui laissèrent penser que la partie n'était pas terminée. Comme celle qui se jouait entre eux depuis leur première rencontre. Ce matin, une sorte de flottement mêlé d'embarras entachait l'humeur joyeuse de Lily. Elle était partagée entre l'envie de reculer ses pions ou de les avancer. Clarisse devait rester sa priorité jusqu'à son vol pour New York dans quelques semaines. Pas question de se laisser distraire et de s'empêtrer dans une idylle qui n'avait pas d'avenir. Et pourtant, n'était-ce pas elle qui était venue le chercher ? Elle, qui s'avérait incapable de prendre ses distances ? Alors qu'elle prenait conscience de son ambivalence, Evann choisit ce moment pour l'enlacer tendrement en posant sa tête sur son épaule. De quoi l'embrouiller encore plus.

– Tu as vu ? J'ai exposé ta photo dans mon salon, lui susurra-t-il à l'oreille en lui désignant le cliché au support cartonné, posé devant ses livres de médecine.

Lily plissa les yeux puis porta la main à sa bouche.

– Mais quelle horreur ! Tu aurais dû la brûler, cette photo !

Une vague de souvenirs contrastés venait de s'abattre

sur elle, tel un rouleau compresseur. Les moustaches touffues de M. Carlot, sa voix rassurante de baryton, son odeur de tabac froid. Tout lui revenait en mémoire ! Evann et son air effronté qui défiait l'objectif. À la fois fascinant et redouté, avec sa boule de cheveux si volumineuse qu'elle masquait son voisin. Mais l'image qui la troublait le plus, c'était celle de cette jeune fille, mal assumée, mal fagotée, au premier rang. Avec ses épaules honteuses, sa poitrine rentrée, ses yeux fuyants cachés derrière ses grosses lunettes en écaille. Reconnaître ce corps comme le sien lui était douloureux, à la limite du tolérable.

– Je trouve que tu devrais relancer la mode du kilt et des grandes chaussettes ! la taquina-t-il pour dédramatiser.

– Moque-toi de moi !

– Dis-toi que, comme le bon vin, tu t'es bonifiée avec l'âge.

– J'avais oublié à quel point j'étais mal dans ma peau à l'époque. En décalage par rapport à vous tous, avoua-t-elle un peu tristement.

– Tu arrivais d'Ouessant, de ton petit cocon… Tu n'étais pas armée pour nous affronter.

Lily se tourna vers lui, surprise par la justesse de son analyse et le regarda droit dans les yeux.

– Je voulais devenir transparente, qu'on me laisse tranquille.

– Habillée comme ça ? Reconnais que c'était impossible !

– Je le réalise seulement maintenant, soupira-t-elle.

Cette brisure dans la voix avait le don de le faire fondre. Comme les fissures qui pointaient parfois, sur sa peau de requin. Il la prit dans ses bras et posa son front contre le sien.

– Et dis-moi… Je suis curieux. Par quel miracle la Lily timide et effacée de la photo s'est-elle métamorphosée ?

– Je peux savoir comment tu me perçois aujourd'hui ?

– Radicalement différente. Forte, déterminée, fatale, collectionneuse…

Elle eut un mouvement de recul.

– Collectionneuse ?… Farceuse et maladroite, plutôt, corrigea-t-elle en se mordant les lèvres.

– Tu n'as jamais cherché à garder les odeurs de tes ex ?

– Non. Ni à tailler le fond de leurs poches… Je suis peut-être un peu folle, mais pas à ce point !

Evann secoua la tête pour digérer l'information.

– T'es complètement dingue d'avoir inventé une histoire pareille !

– C'est toi qui m'y as poussée, je te le rappelle !

– Et le mec chez qui tu crèches alors ?

– Gwen ?

– J'ai pensé qu'il répondait assez bien à la description du pot numéro deux.

– Ne me dis pas que tu les as mémorisés !

– Si… Le deuxième, c'est celui qui finissait par prendre l'odeur de son chien.

– Ha ha ha ! Bien vu !… Mais Gwen est comme mon frère, ses parents habitent le même hameau à Ouessant. Et c'est aussi le seul ami à pouvoir m'héberger dans le coin.

– Et moi ? Tu m'oublies ?

Son regard perçant la défia avec la même lueur provocante que sur la photo. Une intensité soudaine qui la mit mal à l'aise.

– Si tu veux qu'on vive ensemble, il va falloir d'abord m'épouser ! Tu ne connais pas ma mère !

Une réponse habile qui fit retomber la pression.

– Une colocation, voilà ce que je te propose, ajouta-t-il en souriant. Le temps que Clarisse ait l'autorisation de rentrer sur l'île.

– Un contrat à durée déterminée ? Avec un homme bien sous tous rapports ?

– Le « tous rapports », je crois que tu l'as déjà expérimenté.

Sa repartie la fit rougir. Rougir sur le bout du nez.

– Tu oublies qu'on se trouve rue du Bois-d'Amour. Une colocation platonique paraît impensable !

– Si tu savais l'histoire de cet appartement et tous les couples qui s'y sont formés, depuis plusieurs générations.

– Marie-Lou ?

– Oui, Marie-Lou et Matthieu... Puis, le dernier en date : Anna et mon frère, Gabriel.

La voix de Lily s'enroua :

– Tu veux dire que le Bois d'Amour exercerait réellement son effet ?

– Et je crois qu'on est les prochains sur la liste.

29

À nos heures perdues

– Evann, on te réclame ! Pour une fois que Gwendal manifeste l'envie d'avoir de la visite !

L'infirmière de pédiatrie n'avait pas l'habitude de le solliciter directement sur son téléphone mais, ce matin-là, elle estimait que cela en valait la peine. L'enfant devait rentrer chez lui le lendemain et il n'envisageait pas de partir sans lui avoir montré son tour de magie.

– Je peux passer le voir cet après-midi. Vers seize heures, par exemple… Oui, dans sa chambre. Dites-lui de préparer ses cartes !

Le téléphone vissé à l'oreille, Evann ne quittait pas Lily des yeux. Depuis qu'elle avait récupéré sa robe au rez-de-chaussée, la tornade n'avait qu'une seule idée en tête : déguerpir au plus vite et lui échapper.

– Désolé, c'était l'hôpital, avait-il précisé, une fois raccroché.

– Tu ne devrais pas être en vacances ? Clarisse et maintenant ce petit garçon… Combien de malades te réclament encore ?

Evann avait l'impression d'entendre son frère.

– Gwendal, c'est différent.

– Différent, comment ?

– Ma mère dirige une association de bénévoles à l'hôpital et, Gabriel et moi, on l'aide de temps en temps. À nos heures perdues… Un juste retour de médaille.

Lily avait froncé les sourcils.

– Evann Kostas, tu n'as pas fini de m'étonner ! Magicien, musicien, médecin… Tes heures perdues doivent être bien remplies !

– Surtout depuis que j'ai hérité d'une nouvelle colocataire !… Tu reviens ce soir avec tes affaires ?

– Laisse-moi la journée pour réfléchir.

Sa moue indécise ne lui disait rien qui vaille. Et il l'avait plaquée contre lui, avant qu'elle franchisse le seuil de la porte.

– Pourquoi réfléchir ?

– Parce que je m'envole dans quelques semaines et que je n'ai pas envie de compliquer les choses.

Il savait qu'elle avait raison.

– Tu préfères rester chez ton ami Gwen ?

– Non !

– Alors ?… Prends la chambre d'amis. Je garde mes distances !

– Si seulement je n'avais peur que de toi, lui avait-elle soufflé, des étincelles plein les yeux, avant de l'embrasser furtivement sur la bouche.

Le tour des trois cambrioleurs. Sur la tablette au-dessus de son lit, Gwendal s'était appliqué à le reproduire, sous l'œil avisé d'Evann, son unique spectateur. Sa voix avait marqué des pauses, des raclements de gorge gênés, ses petites mains pataudes s'étaient parfois emmêlées en essayant d'aller plus vite. Mais lorsque l'enfant avait coupé le paquet de cartes – à trois reprises, comme il le lui avait expliqué –, la magie avait opéré. Et un sourire victorieux avait illuminé son visage.

– Bravo ! Tu m'as bluffé ! Tu vas épater tes copains à la rentrée.

– Pas mal, pour un débutant, hein ?... Ça m'a donné envie d'apprendre d'autres tours.

– Je vais te faire une petite liste, si tu veux. Tu n'auras qu'à regarder les vidéos sur le Net.

– Plus tard, je ferai comme toi ! Je m'occuperai des enfants malades.

– De quel côté ? Celui des blouses blanches ou des tee-shirts bleus de l'association ?

L'enfant avait levé la tête en adoptant un air sérieux.

– Tu préfères lequel, toi ?... Il paraît que t'es un peu des deux.

Evann ne s'attendait pas à cette question et avait pris son temps pour répondre.

– Si je te le dis, tu le gardes pour toi ?

– Promis, craché !

– Promis tout court alors, sans cracher... (Gwendal lui avait tapé dans la main.) Plus tard, quand j'aurai prêté serment et que je serai vraiment médecin, je crois que je me fabriquerai une super-blouse, rien que pour moi. Avec le haut bleu ciel au-dessus de la ceinture, et le bas tout blanc. Avec de grosses poches pour mettre tous mes instruments, mais aussi mon jeu de cartes, mes dés et ma baguette magique.

L'enfant avait bu ses paroles, les yeux ronds et la bouche ouverte.

– T'es pas sérieux !

– Si je suis sérieux ! Tu paries ?

– T'es pas sérieux !

– Tu veux que je crache pour te le prouver ?

– Ha ha ha !

Accoudé au comptoir du *Gobe-mouches*, Evann était d'humeur mélancolique. Voilà plus d'une heure qu'il ruminait, muré dans le silence, le visage fermé. Une attitude qui ne lui ressemblait pas. Tout comme les litres de café qu'il venait d'engloutir. Yvonne l'observait du coin de l'œil et ne cherchait pas à le taquiner. Pour une fois, la patronne faisait preuve d'une grande délicatesse à son égard. À son égard seulement, vu les propos grossiers qu'elle tenait avec ses autres clients et les blagues salaces qui fusaient dans tous les sens, dans le seul but de le faire rire. Et entre chaque tasse fumante qu'il commandait, la tenancière veillait à lui servir une assiette d'andouille de Guémené, bien connue pour ses vertus antidépressives. Elle appelait cela « du gras thérapeutique », et Evann acceptait ses bons soins sans broncher, en se remémorant sa journée. La dernière en tant que membre de l'association. Il réalisait qu'une page de sa vie venait de se tourner. Il y aurait un après-Gwendal – plus sérieux, plus studieux –, avec de nouvelles responsabilités, il ne s'autoriserait plus à blaguer avec les malades, ni à jouer aux cartes et faire des tours de magie. Quel médecin allait-il devenir ? Un Godard aigri ? Ou un Daguain fantaisiste, à la blouse bicolore ? Il préférait, de loin, la deuxième option !

– Je veux bien un autre café, s'il te plaît. Un serré !

– *Ristrettttto*, comme disent les Italiens, roucoula la patronne.

Il lui fallait bien un *ristretto* pour oublier Lily et son ultimatum ! Ce « laisse-moi la journée » qui tournait en boucle dans sa tête et qui serait bientôt écoulé. Evann n'arrivait toujours pas à admettre qu'elle ait pu le piéger avec son histoire de petits pots ! Comment avait-il pu être aussi naïf ? Cette femme avait le don de le déstabiliser et de brouiller les pistes. Quand arriverait-il à la cerner ? En y repensant, Lily n'avait toujours pas répondu à sa question. Que s'était-il passé depuis le lycée pour qu'elle change autant ? Y avait-il eu un déclic ? Des rencontres qui lui avaient donné confiance en elle ? Était-ce son odorat surdéveloppé, son don de parfumeuse, qui l'épanouissait tant ? Qui la rendait si singulière, si troublante ?

Le bruit familier d'une valise roulant sur le carrelage mit subitement un terme à ses interrogations. Dehors, les rayons du soleil rasaient encore la chaussée. Il n'était donc pas trop tard pour tenir sa promesse. Lily se tenait droite, à mi-chemin entre la porte et lui, avec un demi-sourire qu'il ne parvenait pas à décoder.

– Je n'y croyais plus, lâcha Yvonne avec un soupir de soulagement, les deux mains sur les hanches et le torchon jeté par-dessus l'épaule.

– Moi non plus ! Je n'y croyais plus, répéta Evann en souriant.

Et les joues de Lily n'attendaient que ça pour s'arrondir totalement.

– Au bout de combien de pistaches-cacahouètes tu n'y croyais plus ?

– Je n'ai pas compté. Trois, quatre… C'est moins dangereux que d'enchaîner les verres de « Gobe-mouches », non ?

– Je te l'accorde.

Evann désigna le bagage à ses pieds.

– À ce que je vois, tu acceptes ma proposition.

Le gloussement satisfait d'Yvonne incita Lily à se rapprocher pour continuer leur discussion, un ton plus bas.

– Si tu acceptes toujours de faire chambre à part.

Et dans son regard, Evann perçut de l'obstination et une pointe de contradiction. Comme si elle disait le contraire de ce qu'elle pensait.

– Si tu crois que l'abstinence est le remède aux complications.

– Oui, je le crois.

– Ça suffit, les messes basses ! les coupa la tenancière en tapant du poing sur la table. Tu l'acceptes ou non, sa proposition ?

Le comptoir trembla et Lily couina.

– Oui, oui.

– Ouf !... Le pauvr' petiot, il était en train de frôler l'indigestion !

Au *Gobe-mouches*, depuis des générations, on ne tournait pas autour du pot. C'était comme ça. Quand on avait quelque chose à dire, on le criait haut et fort. À chaque problème, sa solution ! Mais s'il n'y avait pas de solution, pas question de s'apitoyer sur son sort. Rien n'était perdu. On pouvait toujours se consoler avec une assiette de pistaches-cacahouètes.

30

L'abeille noire d'Ouessant

Voilà ce qui manquait à Evann pour investir pleinement son appartement : une colocataire. Depuis que Lily occupait les lieux, l'oiseau de nuit prenait enfin plaisir à se poser. Plus de répétitions de musique jusqu'au petit matin, de sorties chez les copains, Evann s'adonnait à des occupations toutes simples, comme lire, regarder un film ou partager un bon dîner. Ces tête-à-tête avec Lily étaient devenus sa priorité et lui donnaient chaque jour l'occasion de la connaître un peu plus. Un requin qui, contre toute attente, se révélait plus sage que prévu. Pas d'extravagances, de provocation, d'assauts charnels, Lily tempérait ses ardeurs et ne franchissait jamais les limites qu'elle s'était fixées : *chambre et douche à part / tenue décente exigée / pas de baisers (même fugaces, même volés, même en pensée).* Un self-control de tous les instants qu'Evann respectait, tout en se demandant combien de temps ils allaient pouvoir tenir. La seule préoccupation de Lily – il le savait –, c'était la santé de Clarisse.

Chaque après-midi, en lui rendant visite à l'hôpital, elle

y mettait tout son cœur et toute son énergie. Et si Clarisse donnait l'impression de subir les choses, Lily les prenait en main avec enthousiasme et ténacité. Un contraste qui pouvait surprendre. Au sein d'un emploi du temps déjà bien chargé en soins et rééducation, la grande sœur s'escrimait à faire travailler sa cadette. Pas question de perdre du temps à se reposer entre les séances de kiné, Lily l'attendait de pied ferme pour raviver sa mémoire. Au programme : séance de lecture, d'analyse commentée de photos, test olfactif les yeux bandés… Parfois, il arrivait que Clarisse soit trop épuisée pour se prêter aux exercices. Elle se fermait alors comme une huître en se recroquevillant sur elle-même, paupières fermées, mains plaquées contre ses oreilles. Un triste spectacle qui avait tendance à se répéter, auquel Hugo assistait sans oser intervenir.

– Elle l'épuise ! s'était-il plaint à Evann en l'interceptant dans le couloir.

– Elles s'épuisent toutes les deux…

– Lily ne peut pas être constamment sur son dos. Pas tous les jours. C'est trop !… Il faut qu'elle la laisse respirer.

– J'en suis conscient, avait soupiré Evann.

– Alors, dis-le-lui ! Je préfère que ce soit toi qui lui parles… Moi, Lily ne m'écoute pas.

– Je ne suis pas sûr d'avoir plus de poids.

– Si ! Toi, tu es médecin… Enfin presque, s'était ravisé Hugo.

– Justement, Hugo… Justement.

Evann se rendait compte à quel point ses allers-retours à l'hôpital devenaient pesants pour Lily. Elle n'avait pas mesuré les difficultés : la fatigue de Clarisse, sa lassitude, son refus de coopérer. Une déconvenue à laquelle Evann assistait, impuissant. Plus les jours passaient, plus l'enthousiasme et les certitudes de Lily s'éteignaient à petit feu. Plus il la sentait triste, fragile, capable de fondre en larmes à la moindre remarque. Comment lui faire comprendre que Clarisse avait besoin de repos, de silence pour se reconstruire ? Qu'il fallait qu'elle reste à sa place ? Que son rôle de grande sœur n'était pas celui de thérapeute ? Comment la raisonner sans la blesser ? Vu la détresse qu'il lisait dans ses yeux chaque matin, il préférait éviter de l'attrister encore plus.

– Et si on l'emmenait voir la mer ? avait-il proposé à Lily au milieu du petit déjeuner. Elle me le réclame depuis le début… Ça lui ferait du bien de sortir de l'hôpital, non ?

Une idée qui lui était venue dans la nuit. Une sorte de détournement d'attention, comme dans un tour de magie.

Lily avait levé le nez de son bol de chocolat, une lueur nouvelle dans le regard.

– Tu crois qu'on a le droit ?

– Je vais demander une permission au médecin. Juste une heure ou deux… Le temps de l'emmener au port du Château.

– Ce sera aussi l'occasion de tester ses capacités à prendre les transports en commun et à se repérer dans Brest.

Il avait posé sa main sur la sienne. Une main protectrice et rassurante.

– Non, Lily, ce n'est pas l'idée… Pour une fois, on ne teste rien. On se promène, on respire, on prend un verre. Tout simplement.

Sa remarque l'avait un peu surprise.

– Tu trouves que je lui en demande trop ?

Evann avait sondé son regard et tourné sa langue sept fois dans sa bouche avant de répondre.

– Si j'ai appris une chose dans ma pratique de bénévole à l'hôpital, c'est qu'une simple présence suffit à faire du bien, qu'il faut savoir écouter, jauger la fatigue et quelquefois accepter de ne rien proposer.

Lily avait réfléchi à cette phrase avec une mine circonspecte, puis avait entrelacé ses doigts aux siens.

– C'est dur de rester sans rien faire ! Ce n'est pas dans ma nature.

– Je sais, Lily, je sais… mais je pense que vous avez – toutes les deux – besoin d'une petite pause.

La proposition de l'étudiant en médecine avait tout de suite séduit l'équipe de rééducation. Et cet après-midi-là, toutes les planètes étaient alignées pour que Clarisse franchisse sereinement et agréablement les murs de l'hôpital : la présence d'Hugo pour les accompagner, la bonne disposition de Clarisse à les suivre, le grand ciel bleu qui l'attirait dehors et le calme qui régnait aux abords de la marina.

– Je veux voir la mer, avait-elle répété dans le bus, en se cramponnant à la main d'Hugo.

Et une fois sur le quai, les pieds tout près du bord, elle n'avait plus voulu bouger. Son regard avait survolé les flots pour se perdre à l'horizon. Une scène touchante que Lily ne pouvait oublier.

Assise aux côtés d'Evann sur le canapé, l'ordinateur portable en équilibre sur leurs genoux, Lily fixait l'écran depuis tout à l'heure sans parvenir à s'intéresser à la série policière. Ce n'était pourtant pas le premier épisode qu'ils regardaient, mais tout lui paraissait confus et compliqué. Surtout depuis que le visage de Clarisse s'était glissé au milieu du décor. Soudain prise d'une grande fatigue, elle se laissa aller en arrière et se frotta les yeux.

– Tu es ailleurs, je le vois bien, déclara Evann avant d'appuyer sur *Pause* et de poser l'écran à ses pieds.

– Excuse-moi, je repensais à ma sœur.

– Je crois que cette petite virée lui a fait du bien, non ? Qu'en penses-tu ?

– Elle n'a rien dit, rien montré, mais…

– Mais Clarisse était tellement absorbée par la mer que j'ai bien cru, un moment, qu'elle allait tomber dans l'eau.

Lily sourit.

– Oui, c'est vrai ! Heureusement qu'Hugo l'a retenue par le bras !

– T'imagines si elle avait sauté ?

– C'est une très bonne nageuse.

– D'accord, mais tu te voyais la ramener toute dégoulinante dans le service ?

– La tête des infirmières ! (Ils se mirent à rire tous les deux.) Depuis l'accident, c'est la première fois que je la sens aussi vivante, ajouta-t-elle, plus sérieuse.

– Vivante ?

– Je m'exprime mal, je sais… ce n'est pas très médical tout ça, docteur.

Evann plissa les yeux pour lui dire qu'il comprenait.

– Moi aussi, j'ai eu l'impression qu'elle souriait intérieurement. Sans doute pensait-elle à son île… Votre île.

– Tu sais quel surnom ma mère lui donne, depuis qu'elle est toute petite ?

– Non.

– Clarisse, l'abeille noire.

– Comme Maya l'abeille ?

– Non, comme l'abeille noire d'Ouessant… Une abeille sauvage des monts d'Arrée qu'un apiculteur a importée sur l'île pour la mettre à l'abri des pollutions liées aux insecticides. Une abeille qui s'est très bien adaptée au climat et qui prolifère à Ouessant, bien plus que sur le continent.

– Quel est le rapport avec ta sœur ?

– Loin de son île, elle dépérit de la même façon… Il faut que je la ramène, tu comprends ? Le plus vite possible !

À ces mots, Lily se fissura et se mit à sangloter, sans pouvoir se maîtriser. Evann l'enveloppa de ses bras et effleura de son doigt une larme qui roulait sur sa joue, comme si son geste était capable de gommer sa tristesse. Un contact gâchette qui l'électrisa tout entière. Sa main posée sur elle, son corps penché vers le sien, Lily en voulait plus. Plus question de self-control, de distance. La tendresse de cet homme était son antidote. Pourquoi lutter ? Lorsqu'elle vint coller ses lèvres aux siennes, on aurait dit qu'elle cherchait de l'air. Un bouche-à-bouche pour ne pas sombrer qui fit s'envoler son armure.

31

Les idées viennent en dormant

Les idées lui venaient souvent en dormant, comme les solutions à ses problèmes. Un moment propice à la réflexion où son esprit se libérait du poids et des contraintes du quotidien. Enfant, il se souvenait d'avoir trouvé la cachette de son ours en peluche égaré depuis des semaines ou même résolu son exercice de mathématiques. Mais cette nuit-là, le corps de Lily lové contre le sien, Evann ne parvenait pas à trouver le sommeil. Au rythme des soupirs qui chatouillaient son cou, il laissait filer ses pensées avec une clairvoyance, un recul nouveau sur les choses et sur eux. Il comprenait qu'il aimait cette femme, comme il n'avait jamais aimé auparavant. Qu'il était prêt à tout pour la rendre heureuse, même à jouer les colocataires. Qu'il éprouvait une tristesse infinie à la voir pleurer et un bonheur immense à la voir rire, comme si les émotions étaient décuplées en sa présence. Giagiá lui avait dit que ça lui tomberait dessus un jour. Aimer Lily – il le savait – équivalait à se lancer sur des montagnes russes, les yeux bandés, sans barrière de protection. Mais aimer Lily le rendait vivant. Vivant comme lorsque Clarisse regardait la mer.

Oui, les idées lui venaient souvent en dormant, comme les prises de conscience. Certaines heureuses et positives sur sa vie, mais d'autres plus inquiétantes. Comme cette question qui s'imposa à lui cette nuit-là. Un éclair dans un ciel serein, dont les coups de tonnerre se faisaient plus proches à mesure qu'il y réfléchissait. Et si Clarisse ne sentait plus rien ? Si elle avait perdu l'odorat dans l'accident ? Les médecins avaient-ils réellement pris le temps de la tester ? Evann se rappelait l'air perplexe de Clarisse devant les petits flacons, ses erreurs systématiques lorsqu'on lui bandait les yeux. Comment n'y avait-il pas songé plus tôt ? Il pensa à Lily qui dormait paisiblement contre lui. Toute cette énergie dépensée à raviver sa mémoire, à lui faire sentir un tas de choses, à asperger ses draps de son baume miracle. Et si ça n'avait servi à rien ? L'odorat pour Lily, c'était un deuxième cerveau, la porte d'entrée des souvenirs et des émotions. En être privée, c'était comme perdre une part de son identité. Evann resserra son étreinte. Lily s'était astreinte à une mission et se sentait actrice de la récupération de sa sœur, utile à quelque chose. Si son idée se vérifiait, le coup risquait de lui être fatal.

Au réveil, cette question le taraudait toujours et il se dit qu'une seule personne était en mesure de lui apporter des éléments de réponse : Marie-Lou. L'interne connaissait bien Clarisse et ses conseils seraient les bienvenus. Le vendredi soir, Evann savait qu'il n'avait pas besoin d'aller très loin pour la trouver. Juste descendre au rez-de-chaussée. La fièvre montait tout doucement dans le bistrot de quartier, les voix et les rires commençaient à résonner, les volutes de fumée s'échappaient du trottoir et Yvonne, à son poste, continuait à mener son monde à la baguette.

– V'là le p'tiot ! Mais il a retrouvé le sourire, à ce que je vois !

Elle ventousa ses lèvres charnues à sa joue. Joue qu'elle prit un malin plaisir à maltraiter en la secouant vigoureusement, comme celle d'un enfant.

– Tu ne vas pas me refaire le coup du *ristretttto* à l'apéro, j'espère ?

– Non merci, pas de café aujourd'hui, grimaça-t-il.

– Un « Gobe-mouches » alors.

– Va pour un petit !

Yvonne éclata de rire :

– Les petits, je ne sais pas faire !

– Avec deux pailles alors… Si Marie-Lou est d'accord pour le partager avec moi, ajouta Evann en se retournant vers la jeune femme assise au fond du bar qui attendait sagement ses amis, son petit garçon sur les genoux.

– Marie-Louuuu, s'égosilla Yvonne, t'es demandée au comptoir ! Le p'tiot veut partager ses microb' !

La brune souriante fit signe à Evann d'approcher.

– C'est quoi cette histoire de microbes, t'es malade ?

– Jamais en vacances, question de principe ! rétorqua-t-il en mimant une vilaine quinte de toux, avant de se pencher vers le blondinet serrant dans son poing un crayon de couleur rouge qui n'avait rien demandé à personne. C'est magnifique, ce…

– Cette boule de feu, précisa Marie-Lou d'un air faussement sérieux. Malo, dis bonjour à Evann, le petit frère de Gabriel… Hou, hou, Malo ! Dis bonjour !

Un petit grognement boudeur se fit entendre, sans que l'enfant daigne lever les yeux de sa feuille.

– T'étonne pas ! Malo a un caractère d'ours mal léché. Son père tout craché ! En tout cas, moi, ça me fait plaisir de te voir ! ajouta-t-elle en désignant la chaise devant elle. Alors ? J'ai appris que Lily logeait à l'appartement, c'est vrai ?

– Oui, je la dépanne quelques jours, bredouilla Evann, mal à l'aise.

Marie-Lou eut un petit rire plein de sous-entendus.

– Et comment va Clarisse ?

– Elle continue à progresser, mais lentement… Elle reste très fatigable.

– Normal.

– Justement, j'avais une question à son sujet… (Evann se racla la gorge, ne sachant par où commencer.) Je me demandais si tu avais testé son odorat durant son séjour en neurologie.

– Pas particulièrement, non, s'étonna Marie-Lou. Ça ne fait pas vraiment partie de l'examen habituel… D'ailleurs, tu as raison, ça n'aurait pas été inintéressant de le faire, réfléchit-elle. L'anosmie est souvent décrite chez les traumatisés crâniens après fracture de l'ethmoïde, ainsi que dans d'autres maladies comme le Parkinson, l'Alzheimer…

– L'anosmie signifie que la personne ne sent plus rien, c'est ça ?

– Plus rien du tout…

– Et ça se récupère ?

– Rarement, malheureusement.

Evann déglutit difficilement.

– L'ano-quoi ?… L'anus ? brailla Yvonne, en arrivant comme un cheveu sur la soupe.

Lorsqu'elle posa son cocktail sur la table, si délicatement qu'une giclée brunâtre éclaboussa le dessin, le petit fit la lippe, au bord des larmes.

– Regarde, Malo ! s'écria Evann, pour rectifier le tir. La boule se transforme en mer de feu ! C'est génial !… Tu peux remercier Yvonne !

Mais Yvonne – qui ne s'était rendu compte de rien – s'éloignait déjà vers son comptoir, en dandinant du derrière.

– L'anusmie, l'anusmie, répétait-elle d'un air exaspéré, en faisant rire toute l'assemblée. Ah les toubi' avec leurs mots barbares ! Je préfère encore les histoires de vers solitaires !

Marie-Lou, hilare, replaça le crayon dans la main de son fils puis se tourna vers Evann.

– Rappelle-moi, on en était où déjà ?

– À la possible anosmie de Clarisse, dit-il en perdant son sourire.

– Si je me souviens bien, Lily lui avait apporté un tas de petits flacons dans sa chambre. Vous ne les lui avez pas fait sentir ?

– Si… mais c'est difficile de savoir ce qu'elle éprouve, déclara Evann avec une moue résignée. Elle répond toujours de manière évasive et, quand on la teste, elle se trompe chaque fois…

Marie-Lou aspira lentement dans sa paille en prenant le temps de réfléchir.

– Ne vous inquiétez pas pour ça ! On peut très bien vivre sans odorat… Si tu veux mon avis, ce n'est pas essentiel pour sa récupération.

– Je sais… mais pour Lily, ça l'est !

Marie-Lou, surprise par ce cri du cœur, le regarda droit dans les yeux.

– Et cette Lily est importante pour toi, c'est ça ?

Avec son sourire bienveillant, elle venait de lire en lui, encore une fois.

– Ça peut te paraître étrange, mais ce sens est si développé chez elle que j'ai l'impression qu'elle ne conçoit pas qu'on puisse en être privé.

– Non, ce n'est pas étrange… Le musicien que tu es ne concevrait pas d'être sourd.

Ils restèrent silencieux un long moment à observer l'enchevêtrement de lignes rouges sur la feuille devant eux, à suivre le crayon dont la mine nerveuse avait fini par trouer le papier.

– Evann ? lâcha-t-elle enfin.

– Oui ?

– Ça te va bien d'être amoureux.

Et il posa son index sur sa bouche pour lui signifier de garder le silence.

32

Les princes n'existent qu'au rayon biscuits

Lorsqu'ils s'étaient réveillés dans les bras l'un de l'autre, avec cette sensation délicieuse que leurs corps ne faisaient qu'un, Lily et Evann avaient compris que les règles de leur colocation s'étaient quelque peu modifiées. Élargies ou rapprochées, ça dépendait du point de vue. Peu importe les complications. Peu importe la suite. L'instant présent leur dictait qu'ils avaient besoin l'un de l'autre.

– Je te rassure, je ne crois pas au prince charmant ! avait déclaré Lily pour justifier sa présence sur son oreiller.

Il avait souri.

– Ça ne me rassure pas du tout.

– Menteur !

– Tu sais ce que dit Giagiá ?... Que les princes n'existent qu'au rayon biscuits et les reines, qu'au rayon pizzas.

– Ha ha ha ! Qui est Giagiá ?

– Ma mère.

– Une sage femme, ta mère... Quand est-ce que tu me la présentes ?

Des rapports légers, insouciants, voilà ce qu'Evann et Lily recherchaient quand ils se retrouvaient ensemble à l'appartement. Comme si le second degré et l'humour les préservaient du dehors. Là où la réalité leur semblait effrayante. Insurmontable. Evann ne voulait pas inquiéter Lily mais, depuis son échange avec Marie-Lou, il s'était mis en tête de tester lui-même l'odorat de Clarisse. Une idée qu'il voulait vérifier, non pas pour sa satisfaction personnelle, mais parce qu'il pensait qu'elle pouvait libérer Clarisse d'un poids. Si elle ne sentait plus rien, cela signifiait qu'il faudrait chercher une autre accroche pour l'éveiller. Une autre porte d'entrée vers ses souvenirs. Et cet après-midi-là, lorsque le médecin rééducateur donna rendez-vous à Lily pour discuter des progrès de sa sœur, Evann sauta sur l'occasion. Il proposa à Hugo d'emmener une nouvelle fois Clarisse en balade, et ce dernier – qui ignorait tout de son projet – sembla emballé par cette idée. Un enthousiasme qui vira rapidement à l'inquiétude.

– Tu vas me dire ce que tu manigances ? s'affola-t-il, voyant Evann sortir discrètement une ampoule de son sac.

Une ampoule en verre contenant un liquide jaunâtre, avec une tête grimaçante dessinée dessus.

– T'inquiète ! lui murmura Evann en couvrant sa bouche avec sa main. Tout ce que je te demande, c'est de rester de marbre. Pas de réaction, pas un mot… O.K. ?

– Tu ne comptes tout de même pas empoisonner Clarisse, j'espère ?

– Qu'est-ce que tu racontes ?... Fais-moi confiance et ouvre grand tes narines !

– Mes narines ? répéta Hugo en fronçant les sourcils.

Installés tous les trois sur un banc, face à la marina du port du Château, cela faisait quelques minutes qu'ils se laissaient bronzer au soleil et s'imprégnaient de l'ambiance des lieux. Clarisse restait stoïque, derrière ses grosses lunettes noires, à observer les allées et venues des plaisanciers chargés de bagages, de bidons d'essence et de piles de vaisselle.

– Regardez la navette, là-bas, déclara Evann pour détourner l'attention, son ampoule cachée dans le creux de sa main. C'est bien celle qui va à Ouessant, n'est-ce pas ?

À la fin de sa phrase, un clac sourd se fit entendre et Hugo mit quelques secondes à réaliser. Quelques gouttes venaient de tomber à leurs pieds répandant une odeur d'œufs pourris. Une odeur si pestilentielle qu'Hugo fut incapable de respecter la consigne et se recroquevilla en se bouchant le nez. Même les passants, dégoûtés, déviérent leur trajectoire de plusieurs mètres pour s'éloigner d'eux.

– Oui, c'est bien ce bateau ! déclara Clarisse, en pointant son doigt, le plus calmement du monde.

Sur son visage, aucun signe d'écœurement. Même pas une grimace ! Elle restait là, imperturbable, le nez au vent, à profiter du spectacle, devant le regard surpris des deux hommes.

– Incroyable, marmonna Hugo pour lui-même.

Quant à Evann, il s'efforçait de ne rien montrer et

attendit que la puanteur se dissipe pour rompre le silence d'une voix claire :

– Clarisse ? Tu n'as rien remarqué ?

– Remarqué quoi ?

– Je ne sais pas… Une odeur particulière, peut-être ?

– Tu ne vas pas t'y mettre, toi aussi, rouspéta-t-elle en pensant aux exercices de Lily.

– Dis-moi la vérité… Depuis l'accident, tu ne sens rien, n'est-ce pas ?

Elle ôta ses lunettes, un peu décontenancée par cette question et le regarda droit dans les yeux.

– Tu pleures ?… Toi aussi, Hugo ? Qu'est-ce qui se passe ? demanda Clarisse.

Hugo lui sourit en essuyant ses larmes.

– Ne t'inquiète pas… Ce sont les effets de la boule puante qu'Evann vient de faire éclater.

– Une boule puante ?

– J'ai toujours été un adepte de farces et attrapes, s'excusa l'intéressé pour dédramatiser.

– C'est horrible comme odeur, non ?

– Je confirme ! gémit Hugo.

– Pourtant, je n'ai rien senti ! Je vous jure !… C'est grave, vous croyez ?

– Non, pas grave du tout ! Ne t'angoisse pas avec ça, la rassura Evann. Mais, au moins maintenant, les choses sont plus claires.

– Et Lily ? s'empressa-t-elle d'ajouter. Est-ce que ça la rendra triste de l'apprendre ?

Les deux hommes se regardèrent un instant, puis Hugo se lança :

– On n'est pas obligés de le lui dire.

– Non, on n'est pas obligés… Pas tout de suite, répéta-t-elle en secouant la tête.

Evann se demanda si c'était réellement une bonne idée de tenir Lily à l'écart, mais il constatait que, pour la première fois, Clarisse manifestait de l'inquiétude pour quelqu'un. Et si elle avait perdu l'odorat, elle venait de lui prouver qu'elle recommençait à éprouver des sentiments. N'était-ce pas un grand pas en avant ?

Et, comme les bonnes nouvelles n'arrivent jamais seules, Lily fondit sur eux, dès leur arrivée dans le hall de l'hôpital, pour leur annoncer :

– Clarisse, tu viens d'obtenir ton billet de retour pour Ouessant ! s'exclama-t-elle en sautillant sur place, comme si elle était montée sur ressorts.

– C'est génial ! s'extasièrent les deux garçons, alors que Clarisse restait impassible et les regardait s'agiter.

– Justement, on vient de voir le bateau, finit-elle par lâcher. Je pars quand ?

– Vendredi prochain… Tu y resteras pendant une semaine et je te ramènerai le vendredi suivant, juste avant mon départ pour New York.

En voilà deux qui firent la grimace : Clarisse en entendant parler d'une seule semaine et Evann à l'évocation du départ pour New York.

– C'est un bon début ! continua Lily, toujours aussi enjouée. Le médecin a appelé ça : une fenêtre thérapeutique.

– C'est un joli terme pour une fois, commenta Hugo.

– J'ai dû négocier dur ! Il avait peur que cela soit un peu prématuré, mais je l'ai rassuré en lui disant qu'un étudiant en médecine serait du voyage.

– Qui ?… Moi ? la coupa Evann en se désignant du doigt.

Ce sourire mutin qui mordillait les lèvres de Lily, il commençait à le connaître par cœur.

– Oui, toi !… Tu ne m'as pas dit l'autre jour que tu voulais découvrir Ouessant ?

– Si… si, bredouilla-t-il avec une moue enfantine.

Et Lily accomplit un geste qu'elle ne s'était jamais autorisée à faire en public : se jeter dans ses bras et coller ses lèvres aux siennes, en se hissant sur la pointe des pieds.

– Autre chose, lui susurra-t-elle. Tu diras à ta mère qu'elle se trompe.

– À quel sujet ?

Elle posa sa main à plat sur sa poitrine.

– Au rayon biscuits, on n'en trouve aucun comme toi.

Des mots que le prince fut le seul à comprendre.

CINQUIÈME PARTIE

« Le bonheur est un parfum que l'on ne peut répandre sur autrui sans en faire rejaillir quelques gouttes sur soi-même. »

Ralph W. Emerson

33

La règle des 4 F

Postée à l'arrière du bateau, son épaisse chevelure rousse flottant autour d'elle, Clarisse fixait les grues qui bordaient le port de commerce. À la voir, toute pimpante, accoudée au parapet, avec son short et ses tennis en toile, il était difficile de l'imaginer quelques minutes plus tôt dans un lit d'hôpital. Il y avait quelque chose de vital dans sa façon de lever le nez au vent, de l'aspirer lèvres entrouvertes, comme la bouffée d'un asthmatique. Et aujourd'hui, ça soufflait fort ! De quoi s'en mettre plein les poumons. À peine sorti de la rade, le navire commença à être chahuté par la houle.

– Tu ne veux pas aller à l'intérieur ? proposa Hugo en la prenant par la taille de peur qu'elle tombe à la renverse.

Et Clarisse de secouer la tête en regardant s'éloigner Brest et les mauvais souvenirs.

– Je suis restée enfermée trop longtemps, soupira-t-elle, sans prêter attention aux gerbes d'écume qui l'éclaboussaient.

Hugo sourit. Non pas qu'il se fît une joie de se faire

tremper toute la traversée, mais cette dernière phrase ressemblait tellement à Clarisse – sa Clarisse – et le confortait dans l'idée qu'elle avait besoin de sortir au grand air pour exister de nouveau. Ce matin, en préparant sa valise, il avait été un peu décontenancé. Alors que l'excitation était palpable dans le service, que l'équipe vivait la sortie de Clarisse comme une récompense du travail effectué, l'intéressée, elle, ne semblait pas s'en émouvoir.

– Aujourd'hui, c'est le grand jour ! se plaisaient à répéter les soignants chaque fois qu'ils entraient dans sa chambre.

Mais Clarisse ne pipait mot. Assise au fond de son fauteuil, elle observait Hugo s'agiter, sélectionner ses habits, faire sa trousse de toilette, comme la simple spectatrice d'un événement dont elle ne mesurait pas l'importance. Il avait fallu attendre qu'elle soit sur le pont du bateau, bousculée par les vagues, fouettée par les embruns, pour que son expression s'illumine enfin. Une lueur d'espoir qu'Hugo comptait bien maintenir le plus longtemps possible, comme la flamme d'une bougie qu'on entoure de ses mains pour la mettre à l'abri.

Lily et Evann, eux aussi, étaient du voyage et avaient préféré s'installer bien au sec dans la cabine. L'étudiant en médecine ne s'était pas fait prier longtemps pour les accompagner. Lorsque Lily lui avait fait comprendre que sa présence sur l'île la rassurerait, il avait été particulièrement touché. Un médecin, c'était peut-être cela ? Un antidote aux complications. Une bouée de sauvetage qu'on préférait embarquer avec soi au cas où le temps se gâte. À moins que Lily n'éprouve autre chose pour lui ? Dans son for intérieur, il l'espérait, même s'il savait que, dans quelques jours, elle s'envolerait pour New York sans rien lui promettre. Et peut-être sans regrets. N'était-ce pas un premier départ aujourd'hui ? La fin de leur colocation ? Un constat qui le rendait triste et coupable de ne pas se réjouir pleinement pour Clarisse. Il l'aurait bien gardée plus longtemps avec lui, sa reine des pizzas ! Maintenant qu'il lui avait fait une place dans sa vie, comment pouvait-il la concevoir sans elle ? L'estomac remué par le roulis des vagues, Evann s'était vite isolé dans un coin, laissant Lily retrouver de vieilles connaissances. Les touristes se faisant plus rares en cette fin du mois d'août, les îliens prenaient leurs aises et s'étalaient dans toute la cabine en se racontant leur semaine. Le bateau fit une escale à Molène, puis reprit sa course sur une mer encore plus agitée et l'un des membres de l'équipage passa entre les rangs, vêtu de sa veste de quart ruisselante, pour serrer des mains et distribuer – si besoin – les sacs vomitoires.

– Toi, tu n'as pas le pied marin, apostropha-t-il Evann, un mégot coincé dans un coin de sa bouche, en lui tendant un sachet.

Un peu surpris par tant de familiarité, ce dernier le remercia poliment, puis reconnut ses dreadlocks blondes enfouies sous son grand bonnet.

– Gwen, un ami de Lily, ajouta-t-il aussitôt, d'un air amusé. Alors, je croise enfin l'homme mystère ! Maintenant, je comprends mieux pourquoi Lily est partie de chez moi comme une voleuse !

Evann, le teint livide, s'efforça de sourire.

– J'ai eu du mal à la convaincre, grimaça-t-il.

– Ha ha ha ! Lily aime toujours se faire désirer... En tout cas, bravo ! Tu es le premier qu'elle ramène sur l'île !

L'homme paraissait sincère, sans aucune trace de jalousie. Lorsqu'il s'apprêta à s'asseoir sur son sac, Evann n'eut d'autre choix que de lui faire une place à ses côtés. Il l'écouta lui désigner les différents phares et îlots à travers le hublot. Devant eux, les attendait le passage du Fromveur, situé entre l'archipel de Molène et Ouessant, lieu de très violents courants.

– Forcément, quand le vent est contre-courant, la mer se creuse, ajouta Gwen en adoptant une mine grave.

– Forcément, acquiesça Evann, de plus en plus inquiet.

– Tu connais la règle des 4 F pour ne pas être malade ?

– Non.

– C'est tout bête ! Pour braver la mer, il faut éviter les 4 F.

– Les 4 F ?

– Oui ! Comme la Frousse, la Faim, le Froid et la Foif... Soif avec un petit cheveu sur la langue.

– C'est bon à savoir...

– Et à ton avis, lequel te joue des tours en ce moment ?

Evann réfléchit un instant avant de répondre :

– Peut-être bien les quatre en même temps.

L'homme lui tapa sur l'épaule avec une moue désolée.

– Laisse tomber les 4 F ! Je crois que là, c'est trop tard... Ne bouge pas et fixe un objet droit devant !

Un conseil qu'Evann s'empressa d'appliquer. Sa cible, il n'eut pas à la chercher très longtemps : un cercueil de bois clair, posé sous l'étagère à bagages, attirait son attention depuis le départ. À voir l'indifférence générale, ce genre de cargaison devait être fréquent dans ce sens, l'île n'ayant pas pour habitude de laisser ses morts sur le continent. Il s'autorisa un bref coup d'œil pour repérer les proches éplorés, mais aucun visage ne parut exprimer de chagrin. Coup d'œil de trop, vu la nausée subite qu'il ressentit en tournant la tête. Il essaya de se contrôler et de se concentrer sur la cible. Tout autour, les corbeilles de fleurs ne cessaient de détourner son attention. *« À notre regrettée grand-mère... à notre Gilberte... à notre Gigi nationale ! »* Elles étaient si nombreuses qu'elles barraient l'entrée des toilettes et il dut réfléchir à un moyen d'y accéder en cas d'urgence. Et l'urgence n'était pas loin ! Peut-être qu'un grand bond de côté suffirait... Encore fallait-il choisir le bon moment, entre deux secousses du Fromveur, s'il ne voulait pas tout piétiner.

Sans quitter le fil de la conversation, Lily l'observait, de plus en plus inquiète. Pourquoi s'était-il levé ? Elle avait entendu Gwen lui faire le coup des 4 F avant de lui suggérer de ne pas bouger. Si Evann continuait à chanceler dans cette direction, il finirait par s'étaler dans les fleurs. Certes, la pauvre Gilberte Malgorn ne lui en tiendrait pas rigueur, mais pour ces beaux chrysanthèmes, ce serait quand même dommage !

– C'est étrange parfois la vie, commenta la petite dame rondelette assise en face d'elle. Si Clarisse n'était pas tombée de cheval, la douche à l'italienne de Gilberte aurait pu être installée à temps et la pauvre ne serait jamais tombée de sa baignoire.

– Non ? s'offusqua Lily en portant la main à sa bouche. Je ne savais pas…

– Si… Un concours de circonstances, ajouta la pipelette, les lèvres pincées.

– Moi, je n'ai pas eu la même version ! les coupa Gwen en lui jetant un air mauvais. Gilberte s'est cassé le col du fémur en sortant de son lit. Et ça, Clarisse n'aurait rien pu y faire !

Le saut d'Evann se fit entendre à cet instant, comme s'il avait cherché à faire diversion. Pour plus de sécurité, il avait pris son élan et venait de s'écraser, comme une crêpe, contre la porte des toilettes. Alors que tout le monde grimaçait dans sa direction, il leva les mains pour signifier que tout allait bien, qu'il maîtrisait la situation.

– Je l'aime bien, ce type-là, déclara Gwen en pouffant de rire.

Et Lily de lui adresser un sourire attendri, pendant que – de son côté –, la commère cherchait un moyen de se rattraper en se tournant vers eux avec un rictus hypocrite.

– En tout cas, ça fait plaisir de retrouver Clarisse !

– Un miracle ! ajouta M. le curé, à sa gauche.

Le moustachu à sa droite, que les embardées du navire

n'empêchaient pas de se concentrer sur son ordinateur, ne manqua pas de renchérir :

– Elle n'a aucune séquelle, c'est fou !

– Incroyable qu'elle se soit remise aussi vite ! se félicita une jeune femme, deux rangs plus loin, en leur faisant signe qu'elle prenait part à la conversation.

Et, comme une cascade de dominos, tout le monde y alla de son commentaire : le couple près de la fenêtre, le vieux monsieur bougon à l'autre extrémité.

– Une battante, ça se voit !... Une force de la nature, comme sa mère... Et encore, tu n'as pas connu sa grand-mère !

Lily acquiesçait sans rien dire. L'histoire de Marie-Lou lui revenait à l'esprit. Celle de ce fameux ouvrier, transpercé par une barre à mine, que tout le monde croyait guéri. Les gens ne s'arrêtaient-ils qu'à l'aspect physique ? *Elle est debout, elle marche, tout va bien dans le meilleur des mondes.* Comment pouvaient-ils être aussi naïfs pour croire que tout était rentré dans l'ordre, que Clarisse était redevenue comme avant ? Une douleur sourde lui serra la poitrine. Elle aurait tellement aimé croire au miracle, elle aussi. Leur répondre qu'ils avaient raison. À cet instant, elle prit conscience du combat que sa sœur devrait encore mener, que le plus dur à venir serait sans doute le regard des autres.

34

À marquer d'une pierre blanche

Cramponné à la rampe des toilettes, Evann ne comptait pas refaire surface avant d'être arrivé à bon port. De son poste, pas besoin de faire bonne figure, il pouvait jurer tranquillement, insulter la terre entière et remplir son sac à loisir. Maintenant, il comprenait mieux pourquoi il n'avait jamais mis les pieds à Ouessant, alors qu'il habitait juste en face. Cette île, c'était un peu comme le sommet d'une montagne, seuls les braves la méritaient. Il repensa aux 4 F du marin. Chez lui – il s'en rendait bien compte –, la frousse prenait le pas sur les autres. Pas tant la frousse de la mer, mais la frousse de la perdre. À croire que ça rendait trouillard d'être amoureux ! En la voyant faire sa valise ce matin, le compte à rebours s'était enclenché dans sa tête, avec une angoisse de manque, de vide qui continuait à l'oppresser. Une fois sur la terre ferme, il faudrait qu'il se ressaisisse et, à entendre Lily tambouriner à la porte, elle semblait du même avis :

– Evann !… Sors de ta planque, on est arrivés !

– Sûr ?

– Dépêche-toi, si tu ne veux pas repartir en sens inverse !

– Ah non, surtout pas ! grogna-t-il en montrant le bout de son nez.

Un visage blafard qui, étonnamment, avait perdu toute trace de métissage.

– Excuse-moi de te le dire, mais tu fais peur à voir ! Un mort-vivant aux cheveux crépus, ironisa-t-elle, les deux mains sur les hanches. Comment veux-tu que je te présente à ma mère dans cet état ?

Comme si Fanny était femme à se laisser impressionner ! À peine Evann eut-il posé le pied sur la jetée du port du Stiff que la grande rousse en combinaison de travail s'avança vers lui et encadra son visage de ses mains vigoureuses.

– Bienvenue, mon garçon, lui déclara-t-elle d'un ton solennel, avec un regard si intense qu'il reprit immédiatement des couleurs.

N'ayant pas l'intention de s'éterniser sur le quai, elle s'emparait déjà de leurs valises en leur faisant signe de la suivre. Était-elle réellement pressée ou était-ce la nervosité qui accélérait ses gestes ? Lily, à côté d'elle, paraissait toute fluette et marchait à grandes enjambées pour rester à sa hauteur.

– Vous en avez mis du temps ! souffla la meneuse de troupe. Même le père Gaston avec son déambulateur a débarqué avant vous !

Lily adressa un clin d'œil complice au retardataire qui tanguait derrière elle.

– C'est normal d'avoir l'impression d'être encore sur le bateau ? gémit-il, les jambes toutes flageolantes.

– On appelle ça le mal de terre… T'inquiète pas, docteur, ça finit toujours par passer !

– Je ne suis pas inquiet. Juste l'impression d'être complètement bourré.

– Ha ha ha ! Je les imaginais plus solides, les étudiants en médecine !… Allez, du nerf ! Clarisse et Hugo sont déjà en haut de la côte, l'encouragea Fanny en pointant du doigt la camionnette blanche où l'on devinait leurs silhouettes assises à l'arrière, épaule contre épaule.

Quelques minutes plus tôt, Fanny avait accueilli les deux jeunes gens de la même manière, avec son regard brillant d'amour qui valait toutes les effusions et embrassades du monde. Si elle avait trouvé sa fille amaigrie, pâle et un peu figée, elle n'en avait rien laissé transparaître. Personne n'avait besoin de savoir qu'elle avait failli s'effondrer en apercevant Clarisse, debout sur le pont. Ni même qu'elle avait versé une larme, rapidement balayée d'un revers de manche, en faisant cligner ses yeux pour retenir les autres. Ce jour était à marquer d'une pierre blanche. Le continent daignait – enfin – lui rendre sa fille ! Et le reste n'avait pas d'importance.

Depuis qu'il avait fait la connaissance de Fanny, Evann comprenait mieux l'origine du caractère bien trempé de Lily. Telle mère, telle fille ! Cette franchise, cette façon de diriger les autres sans en avoir l'air. Dix minutes de trajet suffirent à l'éclairer sur sa personnalité. Fanny avait commencé par appuyer sur l'accélérateur alors qu'elle était toujours au point mort, en faisant vrombir le moteur. Une manœuvre qu'elle avait reproduite plusieurs en fois en riant à gorge déployée et en pestant en même temps. Evann se souvint alors de son covoiturage jusqu'à Bruxelles et de cette femme qui parlait à son GPS. Si Fanny, sur son île, n'avait pas de soucis pour se repérer, n'avait-elle pas la même façon de brusquer ses pédales ? Le genre de femmes à poigne qui ne se laissaient pas intimider et avaient l'art de monopoliser la conversation. De celles qui respiraient la bonne humeur, à condition qu'on ne les contrarie pas trop :

– Les médecins veulent vraiment me la reprendre dans une semaine ? couina-t-elle en montant dans les aigus.

– Oui… une semaine, répéta Lily.

Dans le même temps, sa mère se retournait pour interroger Clarisse :

– T'en penses quoi, toi ?

L'intéressée haussa les épaules et fit signe à son voisin de répondre à sa place.

– C'est le contrat, confirma Hugo d'un ton qui se voulait rassurant.

– Eh bien, ils peuvent toujours courir !

Un silence gêné suivit. Si long que tous se demandèrent s'ils avaient bien entendu. Elle venait de lancer cette phrase comme une torpille, avec une obstination un peu enfantine, qui la rendait encore plus touchante. Était-il possible que Lily ne lui ait rien dit ? Ou jouait-elle les ignorantes, paniquée à l'idée de voir repartir Clarisse ? Quand Evann interrogea Lily du regard, sa mine boudeuse ne lui donna pas la réponse.

– Je ne comprends pas, Lily, marmonna la conductrice avec un soupir contrarié. Tu connais l'attachement de Clarisse pour Ouessant. On s'était mis d'accord… Tu t'occupais de décorer sa chambre, le temps de la remettre sur pied. Et après, elle rentrait. Dé-fi-ni-ti-ve-ment ! Tu me l'avais promis.

– Oui, je me souviens. Mais c'était avant.

– Avant quoi ?

Gênée de parler devant Clarisse, Lily hésita un instant :

– Avant que je réalise le travail de tous ces spécialistes : orthophonistes, ergothérapeutes, kiné… Il faut lui donner toutes les chances de récupérer, tu comprends ?

Fanny ronchonna en crispant ses mains sur le volant.

– Que le père Gaston ait besoin de kiné, je veux bien… mais Clarisse ! Tu aurais vu comment elle a grimpé la côte. Hein, Hugo ? (Le hochement de tête qu'elle aperçut dans son rétroviseur l'encouragea à continuer et, cette fois, elle s'adressa directement à Clarisse :) S'il faut te faire travailler, pas de problème ! Ce n'est pas les chantiers qui manquent ici. Dès lundi, je t'embarque à l'hôtel *Roc'h Ar Mor*. Le barman aimerait un robinet dernier cri pour rincer ses verres… Avec mitigeur, douchette à ressorts, commande à manette unique et tout le tintouin… Même un bec anticalcaire, tu entends ? Je ne sais pas où il est allé chercher une idée pareille ! J'ai eu beau lui expliquer qu'il n'y a pas de calcaire en Bretagne, il n'a rien voulu savoir ! Ha ha ha ! Ils sont têtus, ces Bretons !

– Et la Bretonne à côté de moi, elle n'est pas têtue, peut-être ? la coupa Lily, de plus en plus exaspérée.

– Tout de même… une semaine, c'est cruel !

– Evann, explique-lui le rôle d'un centre de rééducation, soupira Lily en appuyant sa tête contre son épaule. Moi, je perds patience !

À cet instant, l'étudiant en médecine se demanda s'il avait bien fait de venir. Coincé entre la mère et la fille, il commençait à avoir mal au cou à force de tourner la tête pour suivre leur conversation et s'aperçut qu'il en avait même oublié de regarder le paysage. On venait de traverser en trombe les rues étroites du village de Lampaul et la camionnette filait droit vers le phare. Vers la pointe ouest de l'île. Le hameau le plus proche de New York d'après Lily, avec des longères en pierre à la place des buildings, des moutons en liberté, des rochers aux formes étranges, un cheval blanc au milieu d'un champ.

– Sambello ! s'exclama soudain Clarisse en faisant un bond sur son siège.

Une réaction si spontanée que la conductrice pila au beau milieu de la route pour libérer sa passagère. Fanny n'était pas mécontente de son effet. Ce n'était pas un hasard si Sambello broutait au milieu du terrain du voisin, à la vue de tous. Avant d'aller les chercher, elle avait tenu à le brosser et à le sortir de l'écurie pour faire honneur à sa fille. Elle avait même pensé à une arrivée triomphale au port du Stiff à dos de cheval, mais elle avait finalement opté pour un moyen de transport plus conventionnel.

Tous les quatre s'approchèrent pour admirer le spectacle. La jeune femme en short et chaussures de toile n'avait pas hésité à se courber pour franchir la barrière et traversait maintenant les herbes hautes, à grands pas. Quoi de plus émouvant que de la voir empressée et enthousiaste pour quelque chose ! Libre de ses gestes. Hugo prit une grande inspiration, de celles qu'on s'autorise une fois rassuré. Par superstition, Fanny ramassa une petite pierre blanche à ses pieds et la serra dans sa main. Evann n'en revenait pas de la beauté de l'endroit. La lande pourpre au loin, le phare zébré de noir et de blanc, cette brume légère qui flottait dans l'air comme dans un rêve. Lorsqu'il enlaça Lily par-derrière, celle-ci enroula ses bras sur les siens pour qu'il la serre encore plus fort. Pas besoin de les entendre, elle devinait les pensées de sa mère : « Regarde comme elle court, comme elle semble heureuse. Et dire qu'on veut lui imposer des séances de kiné ! » Cette idée la fit sourire, comme la scène qui se déroulait sous ses yeux.

35

L'accroche

À l'instant où Clarisse fut en contact avec son cheval, un éclair de vie illumina son visage. Pour la première fois depuis son accident, ses lèvres s'arrondirent dans une ébauche de sourire. Cette réaction qui s'était fait attendre, elle l'avait réservée spécialement à lui. Sambello. Celui-là même qui l'avait fait tomber et avait causé son malheur. Ni l'un ni l'autre ne semblaient ressentir d'appréhension à se revoir, ni de stress lié à la chute. Au contraire, tout portait à croire qu'il ne s'était rien passé. En sa présence, l'animal émit son hennissement habituel, sourd et guttural. Son corps immobile se mit à s'agiter, ses jambes antérieures à danser l'une après l'autre et sa queue à balayer son postérieur. Clarisse, de son côté, orchestrait son petit rituel avec les mêmes douceur et application qu'auparavant, en commençant par chasser les mouches autour de lui. Lorsqu'elle approcha sa main de son nez, Sambello prit le temps de renifler son odeur, et le souffle de ses naseaux caressa sa peau. Après une bonne minute, il se mit à lécher sa paume de sa langue râpeuse puis recula en donnant un petit coup de tête vers le haut en signe d'approbation.

De l'autre côté de la barrière, les quatre spectateurs comprirent la puissance du lien qui les unissait. Fanny et Hugo en avaient déjà conscience, mais ils perçurent un déclic chez Clarisse. Une étincelle nouvelle dans le regard.

– C'est magique, murmura Lily en posant la tête contre l'épaule d'Evann. Ma sœur doit être dotée d'un parfum naturel que l'animal reconnaît parmi tous. Regarde comme il la renifle !

– Ce parfum, tu ne l'as pas encore identifié ?

– Non, mais j'adorerais !… Son pouvoir semble extraordinaire.

Evann, de son côté, avait autre chose à l'esprit. Il pensait à l'accroche. Celle qui permettrait d'intéresser Clarisse et de la connecter au monde réel. Ils l'avaient cherchée vainement depuis plusieurs semaines – avec tous ces flacons qu'ils lui avaient mis sous le nez – sans susciter la moindre réaction. Tel un mirage, cette accroche venait d'apparaître sous leurs yeux. Sous la forme d'un étalon blanc. Et si Fanny avait raison ? Si l'accroche ne pouvait résider qu'ici ? À Ouessant.

À quelques mètres – là où la route goudronnée s'effaçait en un chemin de terre –, Evann reconnut la bâtisse familiale : une longère, isolée du reste du village, entourée de champs et de lande à perte de vue. Le décor qui ornait les murs de la chambre de Clarisse était encore frais dans sa mémoire : les volets vert d'eau, le muret de pierres sèches qui courait le long des herbes hautes, les massifs d'hortensias envahissant le jardin ; mais en vrai, cela lui parut encore plus féerique et complètement hors du temps. Pendant que les autres s'appliquaient à rentrer Sambello dans l'écurie, Lily entraîna Evann à l'intérieur pour lui faire visiter. Un labyrinthe de couloirs sombres et de pièces surchargées d'objets en tout genre.

– Ma mère s'attache aux choses, s'excusa-t-elle en empruntant l'escalier, dont l'entrée était en partie obstruée par une grosse armoire en chêne. Son meilleur ami, c'est un brocanteur sur l'île et elle passe son temps à le dévaliser. Bientôt, on va pouvoir ouvrir un musée, soupira-t-elle en désignant les tableaux autour d'elle. Fais attention à ta tête !

Evann se courba aussitôt et sentit un coin de cadre frôler sa tempe.

– Drôle d'idée d'exposer des photos sur des contremarches, grogna-t-il en examinant l'homme au centre d'un cliché noir et blanc qui posait fièrement devant une grosse charrette chargée de filets de pêche. Un ancêtre de la famille ?

– Gaston, mon arrière-grand-père sur le quai du port de Lampaul. Si tu savais combien de visiteurs il a assommés depuis le temps !

– Une sorte de bizutage ?

Elle acquiesça.

– Gaston en a toujours eu après les grands ! À ce qu'il paraît, il était complexé par sa petite taille… Attention à ta tête ! s'amusa-t-elle à lui crier plusieurs fois, ravie de le voir grimper à quatre pattes et de prendre de l'avance sur lui.

Lily l'attendait sous les combles. La pièce la plus épurée de la maison. Murs blancs, poutres apparentes, fenêtres de toit alignées avec vue sur l'océan. Les seuls meubles consistaient en un matelas posé sur le parquet, une grosse malle dans un coin et un bureau d'écolier dans un autre. À voir les petits flacons alignés juste au-dessus, les languettes de papier buvard, les porte-touches en forme d'éoliennes et les cahiers de formules chimiques, Evann devina que Lily en avait fait son laboratoire. Elle restait immobile en le regardant se déplacer dans l'espace, avec une timidité inhabituelle. Comme si elle était gênée de lui dévoiler son repaire.

– Ça me fait bizarre… Je n'avais encore amené personne, déclara-t-elle en replaçant une mèche de cheveux derrière son oreille. Cet endroit, c'est toute mon enfance.

– Ça ne m'étonne pas. De toutes les pièces que tu m'as fait visiter, c'est celle qui te ressemble le plus.

– Vraiment ?

– Pas de tableaux, de vieilles armoires, de casseroles suspendues au plafond, pas de Gaston farceur… Juste des fenêtres tournées vers le ciel et le parfum de Lily, ajouta-t-il en se penchant pour l'embrasser.

Paroles et geste qui la firent fondre sur place. Evann avait le don de choisir les mots qu'elle avait besoin d'entendre, avec douceur et simplicité. Comme la proposition qui suivit :

– Si tu n'y vois pas d'inconvénients, je pense que je vais dormir là. Je ne voudrais pas choquer ta mère en m'installant dans ta chambre en bas.

– La choquer, non… mais lui donner des idées de mariage, certainement, répondit-elle avec un sourire moqueur. Pour te dire, même Hugo n'a jamais osé dormir à la maison.

– Jamais ?… Et ça ? la défia-t-il en la saisissant par la taille et en la renversant sur le matelas. Il a déjà osé ?

– Fais gaffe ! Ici, on ne badine pas avec l'amour, reprit-elle en battant des cils, dans un face-à-face torride.

Ils pensèrent tous les deux à cette scène sous la douche, puis à cette course-poursuite, nus comme des vers, dans les parties communes de l'immeuble et ils éclatèrent de rire. Comment allaient-ils être capables de tenir la distance ? Même cinq minutes, ils n'y arrivaient pas. Evann se mit à la chatouiller, jusqu'à ce qu'elle en ait mal au diaphragme. De la voir se tordre à ses côtés, gorge déployée, son corps à la merci de ses doigts, fit monter en lui une telle vague de désir qu'il en oublia ses bonnes résolutions. Ses chatouilles se transformèrent en caresses, ses rires en longs soupirs et sa peau s'aimanta à la sienne. Une déferlante de baisers, de jambes entrelacées, de roulés-boulés en dehors du lit, jusqu'à ce que le son d'une cloche, suivi d'un cri strident, stoppe leur élan et les ramène brusquement à la réalité :

– À taaaable !

Aussi lointain que fut l'appel, il eut l'effet d'un électrochoc. D'un bond, ils se détachèrent et se retrouvèrent sur leurs pieds. À lisser leurs habits comme après une bataille. À se fuir des yeux d'un air coupable. Coupable et nostalgique. Et à mesure qu'ils descendaient de leur perchoir, Evann sentit Lily se tendre et lui échapper.

Au dîner, Lily lui faisait face et il constata qu'un masque de contrariété avait envahi son visage – le même, aperçu un peu plus tôt, lors du trajet en camionnette. Était-ce la présence de sa mère qui l'indisposait à ce point ? Elle qui se mettait pourtant en quatre pour les satisfaire :

– Ragoût d'agneau cuit sous les mottes ! s'exclama Fanny d'un ton théâtral en apportant la cocotte fumante. C'est une recette de l'île, précisa-t-elle à Evann. Le restaurant *La Duchesse Anne* m'a livrée spécialement pour fêter le retour de Clarisse !

Lily ferma les yeux au-dessus de son assiette et Evann sut que l'odeur fumée qui s'en dégageait lui allait droit au cœur. Il la regarda savourer son plat, en cachant son plaisir, comme une enfant.

– C'est vraiment délicieux, Fanny, commenta-t-il, jouant les gendres parfaits, le dos bien droit sur sa chaise, les avant-bras posés de chaque côté de son assiette.

Phrase aussitôt reprise par l'autre gendre que l'ambiance de ce repas semblait mettre mal à l'aise aussi. Plus on approchait du dessert, plus Evann – en bon observateur – commençait à comprendre le fonctionnement de cette famille, ou plutôt de ce trio de femmes. N'était-ce pas le propre des trios d'être composés d'un duo et d'un électron libre ? La complicité de Clarisse et de sa mère ne faisait aucun doute. « Les deux abeilles noires d'Ouessant », attachées à leur île comme les mouches sur le nez de Sambello, donnaient l'impression de ne former qu'une seule et même personne. Passant outre ses difficultés, Fanny s'escrimait à la faire participer et n'hésitait pas à formuler elle-même les réponses aux questions qu'elle lui posait : « T'en penses quoi ?... T'as raison, c'est mieux comme ça. » « Tu m'accompagnes à l'atelier lundi, hein ?... Ça fait plaisir. » Clarisse, de son côté, n'était pas contrariante et acquiesçait à toutes ses propositions. Réaction qui ne faisait qu'aggraver l'humeur maussade de Lily. L'électron libre, c'était elle manifestement. L'oiseau migrateur, comme l'appelait sa mère. Celui qu'on a du mal à suivre, mais qui finit toujours par revenir. Nul doute qu'elle désirait déjà repartir !

En assistant à cette démonstration de force, Hugo et Evann se gardaient bien d'intervenir. Entre ces trois femmes, il y avait une histoire, un passé semé d'embûches qu'ils ne maîtrisaient pas. Ou très peu. Un jeu de dominante-dominée. De dominante-dominante. N'étaient-elles pas touchantes toutes les trois ? Belles, sauvages et déterminées ? Chacune à sa façon ? Evann était en train d'observer Fanny, un sourire béat étirait ses lèvres, quand il surprit Lily, les sourcils froncés dans sa direction. Voilà qu'il se retrouvait, encore une fois, tiraillé entre la mère et la fille ! Quelle idée d'avoir accepté de venir ! Trouver sa place au sein de cette drôle de famille relevait de l'impossible, même Hugo y avait renoncé depuis longtemps. Et s'il abordait les choses avec ruse ? Si, comme au jeu de cartes, il décidait de reprendre la main ? S'efforçant d'ignorer la jalouse, le gendre parfait prit un air mielleux pour complimenter la maîtresse de maison, puis entreprit de débarrasser la table et de faire la vaisselle. Toujours séduire la mère avant de séduire la fille, c'était bien connu. Même si Lily ne semblait pas de cet avis ! Après tout, cette idée de chambre à part, sous les toits, n'était pas une si mauvaise idée.

36

Joyeux et léger à la fois

Les rayons du soleil inondaient déjà la pièce quand Evann décida d'émerger de son lit. Pas de tintement de cloche ni de cris pour annoncer le petit déjeuner. La maison paraissait étrangement silencieuse et le craquement des marches lui sembla disproportionné. L'oreille collée à la porte de Lily, il guetta un mouvement. Rien. Juste le tic-tac entêtant de la grosse pendule du couloir. Et si l'oiseau migrateur s'était envolé pendant la nuit ? La savoir fâchée, à l'étage du dessous, l'avait empêché de trouver le sommeil et il n'avait pas résisté à explorer son laboratoire. Parcourir ses cahiers, c'était comme ouvrir une fenêtre sur l'univers de Lily. Un univers à quatre dimensions, où tout se mélangeait : abrégés d'odeur, formules chimiques, esquisses, impressions fugaces. Autant de « rencontres olfactives » – comme elle les appelait – où l'image de l'odeur lui restait en mémoire plus que l'image elle-même. Les exemples étaient nombreux et certains remontaient à l'enfance : le genêt de l'île et ses fleurs miellées, ce marché près de Grasse aux effluves chauds de fleur d'oranger, cet artiste peintre croisé dans un bar dont les doigts sentaient le tabac froid et l'essence de térébenthine. Des exemples où le moindre détail prenait de l'importance. Au fil des pages, il réalisait à quel point sa sensibilité était développée et avait l'impression de la redécouvrir une seconde fois.

Le calme qui régnait au rez-de-chaussée l'intrigua. Comme cette tasse de café fumante et cette tartine à moitié croquée sur la table. La gourmande ne devait pas se cacher bien loin ! Après s'être pris les pieds dans un pot à lait en métal qui barrait le passage, il atterrit dans le salon. La collection d'antiquités de Fanny poussait à la curiosité : boîte à couture, soupière en forme de chou, machine à écrire, statue de Bigoudène, mais un cadre sur le buffet attira particulièrement son attention. Ou plutôt, un visage – celui de Fanny – plus doux, plus naïf, coiffé d'un voile de tulle. Et celui d'un homme, à son côté. Regard clair, paupières légèrement plissées par le flash, pommettes hautes et carrées, sourire large. Décor un peu jauni sur les bords, papier peint psychédélique. Date gravée sur une plaque dorée, suivie de deux noms : Fanny Joyeux et Antoine Léger. La voix de Lily, depuis la porte de la cuisine, le fit sursauter :

– Avec des noms pareils, tout le monde leur prédisait un avenir en or.

Son air boudeur de la veille avait laissé place à une mine triste, aux yeux cernés. Et il eut l'envie de la serrer contre lui.

– Leur histoire n'a pourtant rien de joyeux ni de léger, reprit-elle sur le même ton.

– C'est ton père ?

Elle hocha la tête, tout en gardant ses distances.

– Tu avais quel âge quand il est mort ?

– Cinq ans… Clarisse, trois.

– Alors, pourquoi avoir pris le nom de votre mère ?

– À Ouessant, ce sont les femmes qui demandent leur futur époux en mariage. Et non l'inverse. Du coup, elles gardent leur nom de jeune fille.

– Vraiment ?

– Cette tradition existe depuis le XVIIe siècle… à l'époque où la marine royale s'est développée sur l'île. Leurs hommes partis en mer, c'étaient les mères de famille qui régissaient l'île.

– Je comprends mieux maintenant.

– Qu'est-ce que tu comprends mieux ?

– Ton sacré caractère !

Son air interdit le fit éclater de rire et il s'empressa de la rejoindre pour la prendre dans ses bras.

– Répète ça ! le menaça-t-elle en se hissant sur la pointe des pieds.

– Tu m'as bien entendu.

Faute de le reconnaître, Lily fut la première à céder et l'embrassa goulûment en lui mordillant les lèvres comme s'il s'agissait de sa tartine.

– Tu as vu Clarisse ? s'inquiéta-t-elle un peu plus tard, voyant Fanny à genoux dans l'allée gravillonnée en train d'ôter les mauvaises herbes.

Cette dernière haussa les épaules tout en continuant à retourner les graviers avec sa pelle.

– Dans l'écurie ou dans le champ… je ne sais pas.

– Comment ça, tu ne sais pas ? J'ai promis aux médecins d'avoir toujours un œil sur elle. J'espère qu'elle ne s'est pas mis en tête de…

– Si tu lui laissais un peu d'air à ta sœur, ronchonna Fanny, alors que Lily se précipitait hors du jardin avec Evann.

À son grand soulagement, Clarisse n'était pas allée plus loin que l'enclos derrière la maison. Panoplie de cavalière sur le dos et cravache à la main, elle trottinait tranquillement à côté de son cheval. Une ronde un peu gauche, avec des jambes qui, parfois, se mettaient à tricoter l'une avec l'autre, mais l'aisance et le naturel avec lesquels elle dirigeait l'animal étaient surprenants. Hugo venait de descendre de son vélo pour admirer le spectacle et leur faisait signe d'approcher. Sans prêter attention à eux, Clarisse continuait à tourner. Tourner jusqu'à ce qu'elle arrête brusquement sa course, imitée aussitôt par Sambello. C'était comme s'il suivait un chef d'orchestre et que tout son corps répondait au mouvement de la cravache. Pas de côté, pas en arrière, pas en avant. Sans même qu'elle ait besoin de le toucher, le cheval lui obéissait au doigt et à l'œil.

– Clarisse n'utilise pas de mors, expliqua Hugo avec fierté. Même quand elle monte à cheval. Elle suit les méthodes d'éducation des chuchoteurs américains. Tout est basé sur la règle des trois C : Confiance, Contrôle et

Connexion. Regardez comme Sambello est connecté à elle !

– On dirait qu'elle peut en faire ce qu'elle veut ! approuva Evann.

– Oui, elle arrive à lui parler... Clarisse a peut-être oublié beaucoup de choses après l'accident, mais pas ça.

Une réflexion qui interpella l'étudiant en médecine. Le comportement de Clarisse l'étonnait chaque jour et il essayait constamment d'y trouver des explications. Son manque d'affect, son anosmie et maintenant sa mémoire... Il avait appris qu'il en existait plusieurs sortes : une portant sur les faits anciens, une autre plus immédiate, puis une troisième liée aux apprentissages. Était-il possible que cette dernière soit préservée chez Clarisse ? Qu'elle soit capable – comme avant – de faire de l'équitation ? De manier ses outils de plombier ? De conduire la camionnette ? Il l'espérait. Mais Lily, de son côté, ne pouvait s'empêcher de voir le verre à moitié vide. Elle avait passé toute son enfance à s'émerveiller devant les prouesses de Clarisse, la facilité avec laquelle elle montait à cheval et parcourait l'île de long en large, sans que rien puisse l'arrêter. Et tout ce qu'elle retenait de ce triste spectacle, c'était l'inclinaison trop courbée de son corps, sa course mal assurée, son incapacité à enfourcher Sambello et à galoper jusqu'à l'horizon. Honteuse de ce qu'elle ressentait, elle eut envie de rentrer sous terre et recula discrètement. Elle ne maîtrisait plus rien. Cette profonde tristesse qui la happait par surprise, impossible de la réprimer ! Que faire de ce poids qui lui oppressait la poitrine ? De ce flot de larmes au coin des yeux ? Et Hugo qui paraissait tellement heureux ! Tellement fier ! Elle n'avait pas le droit de tout gâcher. La seule chose qui lui restait à faire, c'était fuir. Fuir et courir, sans se retourner.

37

La trompette à manège

Le sourire d'Hugo illuminait son visage. Durant l'absence de Clarisse, c'était lui qui s'était occupé de Sambello. Lui qui l'avait promené, nourri, brossé, qui avait changé sa litière, nettoyé ses sabots, limé ses dents. Une façon d'être utile et de soulager Fanny, faute de pouvoir aider Clarisse lors de ses visites à l'hôpital. Comment faisait-elle pour rendre aussi docile cet animal ? Avec lui, jamais il ne s'était montré aussi coopérant. Les gestes de la cavalière détenaient une autorité naturelle inimitable qu'Hugo ne se lassait pas d'admirer. Il se sentait soulagé de la voir aussi agile et appliquée. Soulagé de la retrouver, jusqu'à ce qu'elle s'adresse à lui et rompe le charme de cet instant :

– Hugo, tu peux aller chercher la selle ?

– La selle ?... Pourquoi ?

– Pour une petite balade... Juste une petite.

L'expression d'Hugo changea subitement et il se retrouva sans voix. Avec Lily, ils l'avaient redoutée, cette question. Qui était-il pour lui refuser quelque chose ? Il n'avait aucune autorité sur elle. Quand il se tourna vers Lily pour voir sa réaction, il constata qu'elle n'était plus là. Pourquoi s'était-elle volatilisée sans prévenir ? Evann, posté à ses côtés, en fut surpris autant que lui et partit à sa recherche.

– Vous avez vu passer Lily ? demanda-t-il à Fanny, alors qu'il longeait le muret de la maison.

– Elle vient de disparaître dans la brume.

– Dans quelle direction ?

– Là-bas, vers les falaises.

– Les falaises ?

– Celles de la pointe de Pern… Je me demande quelle mouche l'a encore piquée ! soupira-t-elle en levant le nez de ses graviers. T'inquiète, elle reviendra ! La mer porte toujours conseil.

La trompette à manège de Porz Aziou. Voilà l'endroit que Fanny lui avait indiqué. Drôle de nom, pour une bâtisse en ruine perdue au milieu de la lande. Mais, trop pressé de retrouver Lily, il n'avait pas cherché à en savoir plus. Au pas de course, Evann avait arpenté le chemin de terre, contourné le trio de chèvres sauvages qui lui barraient le passage et s'était dirigé vers les imposants rochers de granit qui flottaient dans la brume. Direction, l'ouest – « le bout du bout », comme l'avait surnommé Fanny. Il apercevait déjà la pointe du phare de Nividic qui dépassait de la colline. Puis, quelques mètres avant la falaise abrupte, une construction en pierre se détacha du paysage. Ou plutôt quatre murs dont les façades voûtées ne ressemblaient à aucune autre de l'île. Dans l'encadrement de ce qui avait dû être la porte principale, Lily était assise par terre. Coudes sur les genoux, mains encadrant son visage, elle questionnait l'horizon.

– Ta mère dit que la mer porte conseil, tu confirmes ?

– Ma mère et ses formules toutes faites, lâcha-t-elle sans bouger.

– En tout cas, elle savait que je te trouverais là.

– Fanny a des antennes radars.

– Ou elle connaît tes habitudes.

– Faut croire.

Evann s'assit à ses côtés et regarda dans la même direction. La brume s'était dissipée aux abords des côtes et le phare de Nividic se dressait droit devant eux. Deux autres pitons de pierre, surmontés de crochets, étaient eux aussi perchés sur des rochers, trace d'un ancien téléphérique qui permettait d'alimenter la flamme. Vu d'ici, on aurait dit des dragons qui sortaient des flots, gueule ouverte, pour protéger l'édifice. À croire que ce paysage, propice à l'imagination, ne laissait pas indifférent. Evann se tourna vers Lily. À quoi pensait-elle, là, maintenant ? Il crut discerner des larmes qui roulaient entre ses doigts.

– Tu pleures ? (Elle se couvrit les yeux de ses mains pour toute réponse.) N'aie pas honte ! Pas avec moi… Que se passe-t-il, Lily ? Depuis que tu as posé le pied sur cette île, soit tu te fermes soit tu t'énerves pour un rien.

– Je suis désolée, Evann…

– Plus je te regarde, plus je te trouve triste. Je me trompe ?

– Je n'aurais pas dû te demander de venir.

– Trop tard, je suis là… C'est quoi le problème avec ta mère ? Avec Clarisse ? Avec Ouessant ? Explique-moi.

– Je ne pensais pas que ce serait aussi dur. Ici, la vérité est plus cruelle qu'ailleurs.

– Plus cruelle qu'à l'hôpital ?

Elle hocha la tête.

– Les souvenirs sont partout. Et ça me fait mal de voir Clarisse dans la maison où on a grandi. De penser qu'elle ne redeviendra pas comme avant… En la voyant courir à côté de Sambello, j'ai compris que certaines choses étaient parties à tout jamais. Ça m'a bouleversée, ajouta-t-elle entre deux sanglots, alors qu'il la serrait contre lui.

– Moi, je l'ai trouvée plutôt douée.

– Parce que tu n'as pas de comparaison.

– C'est vrai.

– Tu l'aurais vue avant…

– Ça devait être incroyable !

– Plus, encore… T'imagines, si elle se mettait en tête de remonter à cheval ? J'espère qu'elle ne prendra pas le risque.

Evann écarquilla les yeux, mais se garda bien de lui parler de l'épisode de tout à l'heure.

– Arrête de t'inquiéter pour elle, lui souffla-t-il à l'oreille.

– Je n'y arrive pas ! C'est plus fort que moi, gémit-elle en fondant en larmes de nouveau.

– Allez, laisse-toi aller… Ça fait du bien de pleurer… Tu t'es beaucoup investie ces dernières semaines, c'est normal de craquer. (Il souleva ses mains pour l'embrasser.) Prends un peu de distance et, pour une fois, repose-toi sur les autres.

– Sur qui ?… Ma mère ? Elle refuse de voir la réalité en face ! Tout ce qui l'intéresse, c'est que Clarisse soit rentrée…

– Je ne suis pas d'accord avec toi. Si tu veux mon avis, Fanny se rend bien compte de ses difficultés. Elle a juste une manière différente de les aborder.

– C'est-à-dire ?

– J'ai l'impression qu'elle met un point d'honneur à ce que Clarisse retrouve sa vie d'avant et se sente libre de nouveau. Pour moi, ce n'est pas du déni ni de l'indifférence, mais de la bienveillance. C'est sa manière de la protéger.

– Mais comment veux-tu qu'elle progresse ? Elle n'a pas l'air de comprendre…

– Je ne dis pas qu'elle a raison… juste que vous n'avez pas le même niveau d'exigence.

– Tu me trouves exigeante ?

– Oui. Surtout avec toi-même… Tu n'as pas le choix, Lily, je te rappelle que tu pars dans quelques jours. Laisse Fanny prendre le relais et fais-lui confiance !

– De toute façon, tu ne peux pas être objectif. Tu es tombé raide dingue de ma mère !

– Ha ha ha ! Mince, tu l'as remarqué…

Ils restèrent un long moment, lovés l'un contre l'autre, à regarder l'océan et le phare qui brillait devant eux. Les soubresauts contre son épaule s'étaient estompés. Lily respirait maintenant calmement. Un souffle chaud qui lui caressait le cou. Ressentait-elle encore le besoin de sonder la mer après avoir vidé son sac ? Evann ne pouvait la laisser partir à New York avec le cœur aussi lourd. Impossible ! Et c'est la mission qu'il se donna pendant les jours à venir. Renouer le contact entre la mère et la fille. Et redonner le sourire à Lily. Deux choses qui n'iraient pas l'une sans l'autre.

Il finit par rompre le silence :

– Dis-moi, Lily, le trompettiste que je suis est intrigué. D'après Fanny, on se trouverait à la porte d'une… quel nom a-t-elle utilisé déjà ?

– Une trompette à manège, déclara-t-elle en souriant pour la première fois.

– C'est bien ça ! Qu'est-ce que ça signifie ?

– Si je te le dis, tu ne me croiras pas… Un instrument pareil, il fallait être un peu fou pour l'inventer.

– Dis toujours !… Ici, rien ne me surprend. Tout paraît irréel, comme dans un rêve éveillé.

– Cette trompette a été conçue à la fin du XIXe siècle. À cette époque, la lumière du phare n'était pas aussi puissante et ce signal sonore permettait d'alerter les bateaux par temps de brume.

– Et elle fonctionnait comment, cette trompette superpuissante ?

– Une pompe mise en mouvement par deux chevaux.

– Des chevaux ?

– Oui, qui tournaient comme dans un manège, à l'intérieur de ce bâtiment. Tu te rappelles de Gaston, l'homme de la photo ? C'est son père qui s'occupait du bon déroulement du mécanisme.

– Un gardien de manège ?… Je me disais aussi qu'une machine aussi loufoque devait forcément appartenir à ta famille !

Le rire qui suivit ne pouvait pas lui faire plus plaisir. Ne venait-il pas de remplir une partie de sa mission ?

38

Ici, l'humain est plus fort qu'ailleurs

Était-ce la mer ou l'énigmatique phare qui lui avait porté conseil ? Étaient-ce les paroles pleines de sagesse d'Evann ? Les jours suivants, Lily s'était montrée plus douce, aussi bien avec les autres qu'avec elle-même. Pas d'accès de culpabilité, ni de crises de larmes. Elle avait décidé de ne plus prendre en main le programme de rééducation de sa sœur et de lâcher du lest. L'occasion de préparer son départ pour New York et de passer plus de temps avec Evann. Son but ? Le faire tomber sous le charme de l'île et lui donner envie de revenir. À travers le parcours à vélo qu'elle lui avait concocté, Lily s'amusait à jouer la guide touristique en ponctuant leurs visites de détails historiques et d'anecdotes sur sa propre famille. Leurs arrêts, elle les sélectionnait en fonction de la lumière du jour : la côte est, éclairée le matin, les petites criques de la baie de Lampaul, parfaites pour l'après-midi, et le spectacle du coucher de soleil depuis la grève de Yusin. Passé la gêne et l'agacement du premier soir, Lily ne redoutait plus le regard de sa mère sur son invité. Evann avait œuvré lui-même pour trouver sa place. Pour Fanny, il était devenu l'ami de la famille sur qui on pouvait compter et les liens qu'il nouait avec sa fille ne semblaient pas la choquer. Comme les craquements des marches de l'escalier qu'elle entendait le soir, à peine sa porte fermée. Les deux amants imaginaient qu'ils dormaient à la belle étoile. Avec la faible lumière de la lune sur leur visage et le souffle des vagues qui rythmait leurs ébats. Comment résister à la tentation ? N'était-ce pas l'endroit le plus romantique au monde ?

– Ici, on ne badine pas avec l'amour, tu disais ? se moqua-t-il un matin en la découvrant assise à son bureau, en tenue d'Ève, en train de ranger ses petits flacons sur les étagères.

Evann reconnut ceux de la chambre d'hôpital et se félicita qu'elle abandonne l'idée de tester l'odorat de sa sœur. Ces derniers jours, c'étaient plutôt ses sens à lui que Lily avait tenté d'éveiller. Lorsqu'ils s'allongeaient sur le sable, se baladaient sur les sentiers côtiers ou s'arrêtaient pour manger une crêpe, Evann s'entraînait à capter les notes parfumées qu'elle lui décrivait. Mais il n'y parvenait pas toujours ! Ouessant était à l'image de Lily : étonnante, sauvage, exigeante. Une île où chaque détail avait son importance et créait l'harmonie : les bouées suspendues aux murs des maisons, la couleur des volets, les chemins bordés de troènes, la lumière jaune sous l'averse, le spectacle de la houle qui étincelle. Le soir, ils revenaient heureux de leurs pérégrinations et à la fois très curieux de retrouver Clarisse pour lui demander comment s'était passée sa journée.

– Bien… merci, répondait-elle simplement, leur faisant ainsi comprendre que cette réponse suffisait.

Et ils s'en contentaient. Depuis que Clarisse avait débarqué du bateau, ils la sentaient plus apaisée. Plus sereine. Cela ne transparaissait pas dans son discours, ni dans l'expression de son visage, mais dans sa façon d'être. Son application à s'occuper de Sambello, la douceur de ses gestes envers Hugo et sa facilité à se lever le matin pour accompagner Fanny en tournée. Un moment de complicité mère-fille que les deux femmes s'évertuaient à garder secret, malgré les nombreuses questions de Lily. Clarisse éprouvait-elle des difficultés ? Était-elle en mesure d'apporter son aide ? Le seul moyen de percer le mystère – elle le savait –, c'était de vérifier elle-même.

– Dépêche-toi, on va les perdre de vue !

Les suivre à vélo, sans se faire remarquer, n'était pas une mince affaire. Surtout sur les routes peu empruntées de l'île, avec Evann qui rouspétait derrière, en faisant exprès – à chaque montée – de mettre pied à terre.

– Tu ne vas pas me faire croire qu'il est possible de semer quelqu'un sur cette île !

– Regarde ! Elles viennent de se garer chez Raymonde, mon institutrice de primaire.

– Tu vois ! Je l'avais bien dit, c'est impossible, bougonna-t-il en se hissant en danseuse.

Pour entrer chez les gens, à Ouessant, il n'y avait pas forcément besoin d'invitation. Une porte ouverte était une excuse suffisante. Et quand les cyclistes débarquèrent dans sa cuisine, la vieille femme ne parut pas spécialement étonnée.

– Lily !… Tu tombes bien, j'ai préparé le café !

Une fois les présentations faites, Raymonde tutoya Evann de la même manière. Une familiarité permise à son âge mais aussi une forme de respect sur l'île. L'ami de Lily, futur médecin qui plus est, méritait au moins la bise et le tutoiement. Ce dernier s'apprêtait à prendre place autour de la table quand il repéra les plombières – la mère, à quatre pattes sous l'évier et la fille, en tailleur, près de la caisse à outils. En gendre idéal, il ne fut pas long à s'agenouiller pour leur proposer son aide.

– Ha ha ha ! s'esclaffa Raymonde. Il y a bien longtemps que les femmes à Ouessant se passent des hommes.

– Surtout pour changer un siphon ! ajouta Fanny, sur le même ton moqueur. Clarisse ? Passe-moi la bassine !

Evann leva les mains d'un air faussement contrit.

– Excusez-moi, mesdames, d'être aussi bien élevé ! Ça ne me pose aucun problème de mettre les pieds sous la table !

Impertinence qui plut beaucoup à l'institutrice

– Tu es malin, j'aime ça !… Tu feras un bon toubi', comme on dit. Lily, je compte sur toi pour convaincre ton ami de s'installer ici, après ses études.

– Evann ne sera sans doute pas le plus dur à convaincre, soupira Fanny, toujours la tête dans le placard. Lily, ce sera une autre paire de manches ! Que veux-tu, Raymonde ! Ma fille a des idées de grandeur. À l'heure qu'il est, elle a déjà un pied en Amérique… Comme si ça sentait meilleur à New York !

– Maman !

– C'est vrai ! Ce n'est pas au milieu des pots d'échappement que tu vas développer ton odorat ! grogna-t-elle, avant de subitement changer de sujet : Ça y est, j'y suis presque ! Clarisse ? Le joint d'étanchéité…

Quand les deux travailleuses se relevèrent, Raymonde avait déjà disposé sur la table une grande assiette de farz buan, à picorer. Sorte d'épaisse pâte à crêpes que l'on mélange dans une poêle comme des œufs brouillés. La pause-café – comme souvent en Bretagne – s'annonçait plus copieuse que prévu. Heureuse d'avoir autant de monde autour d'elle, Raymonde n'arrêtait plus de parler. Devant un tel débit, Evann se doutait qu'elle avait plusieurs jours de solitude à rattraper et la trouvait touchante. Et quel plaisir d'entendre toutes ces anecdotes sur la scolarité des deux sœurs ! Il n'avait aucun mal à les imaginer, petites filles, au milieu de cette classe unique. L'aînée, sérieuse, un peu rêveuse et en retrait ; la benjamine, plus terre à terre, joyeuse et volontaire. Et pendant ce temps-là, Lily réfléchissait dans son coin, avec sa mine contrariée des mauvais jours. Sa mission d'espionnage ne l'avait pas beaucoup renseignée. Clarisse était-elle capable de prendre des initiatives ? Ou serait-elle reléguée définitivement à la gestion de la boîte à outils ? Pas facile de trouver sa place aux côtés d'une mère aussi directive.

– Raymonde a proposé à Clarisse de venir prendre le café chez elle, chaque semaine, histoire d'améliorer sa diction, déclara subitement Fanny, comme si elle entendait les inquiétudes de sa fille.

Mais Lily ne fut pas rassurée pour autant. N'était-ce pas le travail d'une orthophoniste plutôt que d'une institutrice ? Encore une combine de sa mère pour retenir sa fille !

– C'est vrai que je bute encore sur certains mots, avoua Clarisse. Je les ai bien dans la tête, mais je mets du temps à les sortir. C'est énervant.

– Bavarde comme je suis, je me ferai un plaisir de les trouver avec toi ! s'enthousiasma Raymonde. Et puis, en te faisant travailler ton vocabulaire, j'aurai l'impression de revenir quelques années en arrière…

– Oui, moi aussi. Ce sont des bons souvenirs… Et si tu veux, en échange, je m'occuperai de l'entretien de ta chaudière.

Raymonde poussa vers elle le pot de confiture pour napper ses morceaux de farz, comme si elle lui tendait un contrat à signer.

– Marché conclu !

– C'est chouette de pouvoir s'entraider comme vous le faites, intervint Evann tout en fixant Lily pour l'inciter à se dérider.

– Tu sais, à Ouessant, on s'est toutes retrouvées veuves de mère en fille, intervint Fanny. Alors, entre femmes, on est devenues solidaires !

Ce que Raymonde approuva aussitôt :

– On en a connu des tempêtes ! Alors, forcément, ici l'humain est plus fort qu'ailleurs.

Evann sourit. Décidément, cette femme était la sagesse incarnée.

– Et les hommes de la nouvelle génération ? La mer ne va pas tous vous les prendre, ceux-là !

– Non… Eux, pas sûr qu'on s'en débarrasse aussi facilement… Ha ha ha !

– Surtout les jeunes toubi' qui veulent s'installer sur l'île. Pas vrai ?

Et la vieille femme se leva pour l'embrasser chaleureusement, comme s'il avait tout compris.

39

Les souvenirs volatiles

– Evann, tu vas bien ? s'affola Lily en découvrant la terreur agrandir ses pupilles et les gouttes de sueur perler sur son front.

À peine avaient-ils rejoint Clarisse et Fanny dans leur atelier, au centre du village, qu'elle avait repéré un changement de comportement chez Evann. Resté dans l'entrée, il n'avait pas cherché à visiter les lieux, ni à aller à la rencontre des travailleuses, affairées dans la pièce du fond. Lily, au début, avait pris ça pour de la réticence à les déranger, jusqu'à ce qu'un mouvement bizarre ébranle son corps et l'inquiète réellement. La tête vrillée dans un sens, le bras levé dans l'autre, on aurait dit un pantin de bois dont on tirait les ficelles.

– Evann, tu as mal quelque part ?

Une simple crampe – ou autre douleur – pouvait-elle provoquer une telle réaction ? Mais pourquoi cette expression d'effroi sur le visage ? Après quelques secondes de latence, les ficelles se relâchèrent et le pantin reprit sa position initiale. Une position un peu figée et le regard éteint de celui qui se réveille tout juste. Cette sensation de vide intense, Evann la connaissait par cœur. Et si la crise avait été plus puissante que d'habitude, il se félicita d'être toujours debout et ne pas avoir perdu connaissance. Le temps de remettre ses idées en place, il n'eut aucun mal à identifier la cause de son malaise. Encore cette odeur métallique qui le poursuivait, comme dans ses pires cauchemars. Pas la peine d'avancer, elle était déjà si forte qu'elle lui nouait la gorge. Jusqu'à percevoir, même, son goût âpre sur sa langue ! Et Lily qui le dévisageait comme si c'était le diable en personne. Il détourna les yeux. Que pouvait-elle comprendre de tout cela ? Rien qui mérite d'être raconté.

Lily, de plus en plus intriguée, avait enfourché son vélo pour le suivre. S'il avait perdu sa langue, il avait retrouvé ses cuisses ! Gravir le village à toute vitesse ne semblait plus lui poser problème. Où s'enfuyait-il comme ça ? Vers le nord de l'île, Evann ne connaissait qu'un seul chemin. Une seule destination. Elle ne prenait donc pas de risque à lui laisser un peu d'avance. La descente était longue jusqu'à la plage de Yusin, criblée de nids-de-poule et de tas de graviers. Mais se lancer dans la pente et lâcher son guidon par intermittence, les bras en croix, procurait un tel sentiment de liberté ! Elle sourit de le voir reproduire leur petit rituel. Et si son corps se tordait à nouveau ? Et s'il tombait ? Quand elle s'élança à son tour, l'air du soir lui donna des frissons.

Evann l'attendait sur la butte dominant la grève. À l'endroit où la nuit les avait enveloppés la veille. Lily s'allongea dans l'herbe, à ses côtés, le plus discrètement possible – comme si elle avait peur qu'il parte en courant. Quoi de plus douillet que ce tapis de verdure qui sentait bon les embruns ! Elle ferma les yeux et sentit les derniers rayons du soleil lui caresser le visage.

– À toi de parler maintenant, lui intima-t-elle avec douceur. Tu sais tout de ma vie… et moi, rien de la tienne.

Evann soupira et replia ses bras sous sa tête.

– La Terre aura le temps de faire le tour du Soleil plusieurs fois, avant que je termine mon histoire…

– On peut monter une tente, si tu veux. Mais je ne décamperai pas avant de t'avoir écouté !

– Tenace.

– Curieuse !

– Il a fallu que tu déposes ce pot d'éclats de ferraille dans la chambre de Clarisse… pour que certains souvenirs me reviennent. La première fois que je l'ai senti, je n'ai pas compris ce qui se passait. Pourquoi l'odeur du métal me dérangeait autant.

– Le métal n'a pas d'odeur, le corrigea-t-elle. Il n'est pas volatile. Ce que tu perçois, c'est son oxydation.

Il se tourna vers elle et lui fit comprendre que ce genre de détails n'avait pas d'importance. Dans le fond de ses yeux, la douleur se lisait encore et Lily s'en voulut d'être intervenue.

– S'il te plaît, continue.

– L'odeur de cet oxyde – comme tu dis –, je la supportais bien jusque-là. Elle ne me faisait ni chaud ni froid. Et, va comprendre pourquoi, quand j'ai lu l'étiquette et respiré le flacon, un déclic s'est fait. J'ai ressenti du dégoût.

Pire que ça : une violente répulsion. Alors, je l'ai emporté avec moi, je voulais comprendre. (Lily hocha la tête, se remémorant la scène.) Plus tard, Gabriel, mon frère, a pu m'éclairer. Pour lui, c'était une évidence… Comme Clarisse, je n'ai pas accès à certains souvenirs. Pas seulement parce que j'ai reçu – moi aussi – un gros coup sur la tête, mais parce qu'à deux ans, la mémoire nous épargne, nous considérant sans doute trop petit pour traîner nos casseroles toute notre vie.

– Tu as fait une chute, toi aussi ?

– Non, pas une chute, Lily… Pas une chute.

Elle s'approcha et posa la main sur son torse. Devant eux, la ligne d'horizon gonflait, s'imbibait de mer et de feu. Ils étaient seuls au monde.

– Cette odeur, je m'en souviens très clairement maintenant. Mon père biologique était mécanicien dans les sous-marins et il l'avait sur ses mains quand il nous frappait, mon frère, ma mère et moi. (Lily serra les mâchoires et s'agrippa à lui.) Quand il m'a assommé pour de bon, continua-t-il d'un ton qui se voulait détaché. Quand il l'a tuée sous nos yeux, il l'avait sûrement…

– Evann…

Sa gorge était si nouée qu'elle ne put finir sa phrase.

– Tu m'as demandé de raconter ma vie. Alors, je te raconte, dit-il en caressant son visage. Si le métal n'a pas d'odeur… Les drames, Lily ? Sont-ils volatiles, les drames ? (Elle secoua la tête, encore trop bouleversée pour parler.) Surprenant comme certains souvenirs restent là, enfouis quelque part dans notre inconscient, pour ressurgir quand on ne s'y attend pas. Comme cette crise dont tu viens d'être témoin.

– Une crise ?

– Oui, d'épilepsie. Liée à mon choc sur la tête… Des piqûres de rappel pour ne pas oublier d'où je viens et quel monstre m'a conçu.

Lily comprenait mieux maintenant. La contorsion, le malaise, la fuite… Elle était loin d'imaginer une chose pareille.

– Est-ce l'odeur de l'atelier qui a provoqué cette crise ?

– Une émotion peut être le déclencheur… Je sais que ça peut paraître surréaliste. En tout cas, je ne contrôle rien. La plupart du temps, cela ne dure que quelques secondes et je suis le seul à m'en rendre compte… Mon bras se lève, puis basta ! Mais le goût métallique qui survient sur ma langue à ce moment-là, lui, je peux le garder plus longtemps. Une journée entière parfois. Encore ce fameux métal qui me poursuit ! Je crois qu'on a, tous les deux, besoin d'un verre de « Gobe-mouches » et d'une bonne histoire de ver solitaire pour détendre l'atmosphère, non ?

Sa volonté de la faire rire en toutes circonstances, c'était tout lui !

– Et moi qui n'arrête pas de pleurnicher sur mon sort… je me sens ridicule.

– Il n'y a pas de comparaison à faire, Lily. Pas de valeur à donner aux épreuves qu'on traverse… On les traverse comme on peut, c'est tout.

Il plongea son doux regard dans le sien. À ce moment,

il n'y avait plus de douleur. On aurait dit qu'il se sentait coupable de l'avoir rendue triste. Coupable mais libéré d'un poids. Un fil d'or illuminait toujours l'horizon et ils plissèrent les yeux, à la recherche du rayon vert. Finalement, il n'avait pas mis longtemps à lui livrer l'indicible. Ils étaient quittes, maintenant – il savait tout d'elle et elle de lui. N'était-ce pas le moment de la laisser partir ?

40

De l'autre côté de l'océan

Lily avait toujours rêvé de prendre l'avion qui reliait Ouessant au continent. Un luxe qu'elle ne s'était jamais accordé. Enfant, elle imaginait que le jour où elle s'élèverait au-dessus de son île, qu'elle la verrait toute petite au milieu de l'océan, cela voudrait dire qu'elle serait devenue quelqu'un d'important. Alors pourquoi avoir le sentiment contraire, aujourd'hui ? Celui de gâcher sa vie ? De fuir ? D'habitude, elle se sentait excitée à l'idée de partir. Avec une telle soif de liberté qu'elle ne pensait ni au manque ni à l'éloignement. Mais en cet après-midi ensoleillé, l'ombre qui se reflétait sur le tarmac de l'aérodrome ne trompait pas. Ce n'était pas celle d'une femme d'affaires, fière et indépendante. Juste celle d'une fille traînant péniblement sa valise. Une fille qui se retenait de pleurer.

Le matin même, en guise d'au revoir, Clarisse lui avait préparé une surprise.

– Je veux te prouver que tu peux partir tranquille, avait-elle déclaré, triomphante, en l'entraînant avec empressement dans le champ voisin.

Mais lorsque sa sœur avait mis le pied dans l'étrier pour enfourcher Sambello, Lily s'était dit que ce n'était pas forcément la meilleure manière de la rassurer. Hugo – qui tenait l'animal en longe – lui avait fait savoir d'un signe de tête qu'il contrôlait la situation et, à sa grande surprise, Lily avait réussi à se détendre. L'enthousiasme de Clarisse, sa fierté à se tenir droite sur son cheval, la joyeuse complicité qu'elle entretenait avec Hugo : voilà ce qu'elle voulait retenir aujourd'hui. Comment ne pas lui faire confiance ? Leur faire confiance à tous les deux ? Elle s'était plu à les imaginer, dans un an, au même endroit. Hugo lâchant la longe et Clarisse prenant son envol à travers les herbes folles.

Lily finissait de préparer son unique valise lorsque Evann l'avait rejointe sous les toits.

– J'ai été impressionné. Tu ne t'enfuis plus en courant quand Clarisse monte à cheval… Bravo !

– Tu vois, je progresse ! avait-elle répondu fièrement depuis son bureau, alors qu'elle faisait l'inventaire des objets de parfumerie qu'elle emporterait. Dis-moi, tu reviendras ici, en mon absence ?

– Oui, je pense. Fanny m'a déjà invité pour les marées d'équinoxe…

– Tu aimes la pêche ?

– Non, pas vraiment… Mais j'aime encore moins contrarier ta mère !

– Complètement raide dingue ! Ça se confirme, avait-elle soupiré tout en masquant un sourire.

– Tu peux compter sur moi, en venant ramasser les coques et les bigorneaux, j'en profiterai pour évaluer les progrès de Clarisse.

– Je préfère cette excuse !... Et les nouvelles de ma sœur seront sans doute plus objectives venant de toi que de ma mère.

Evann l'avait enlacée par-derrière et lui avait désigné les flacons sur les étagères.

– Pourquoi les avoir conservés ?

– Comme souvenir, pour ne pas oublier... J'aime relire les noms sur les étiquettes : *élixir de crin de cheval, bouquet de coquelicots, baume de graines de sarrasin, nectar de laine de mouton, fragrance d'herbes sauvages.* Si je pouvais, je les emporterais tous avec moi.

– Un morceau de ton île à New York ?

– Oui, si seulement... Je te les laisse, certains ne sentent plus grand-chose mais si tu veux, tu pourras t'en servir quand tu reviendras.

– Comment ça ?

– Pour un nouveau test à l'aveugle sur Clarisse.

Il s'était demandé si elle parlait sérieusement et avait resserré son étreinte.

– Pourquoi pas ? Je...

Mais Lily avait fait volte-face et l'avait renversé sur le matelas en lui grimpant dessus.

– À partir de maintenant, je t'interdis de me mentir, tu entends ! (Evann, surpris, l'avait interrogée du regard.)

Clarisse vient de me raconter le coup de la boule puante… Qu'est-ce qui t'a pris ? Pourquoi tu ne m'as rien dit ?

– Parce que je savais que ça te rendrait triste.

Les mains plaquées fermement de chaque côté de son visage, Lily avait pris le temps de l'observer attentivement. Sa mine coupable. Ses yeux brillants de sincérité.

– Evann, ta délicatesse est parfois déroutante… Comment veux-tu que je parte tranquille à l'autre bout du monde, si je sais que tu me caches la vérité ?

Il avait tenté de se relever pour l'embrasser, mais sa tortionnaire n'avait pas l'air décidée à relâcher sa prise.

– L'autre bout du monde ? Les New-Yorkais ne sont pas vos voisins ?

– Si… Nos voisins d'en face. Juste de l'autre côté de l'océan, avait-elle répliqué, amusée, et il était parvenu à atteindre ses lèvres.

– Alors, pourquoi t'en faire ? lui avait-il susurré entre deux baisers. Ce n'est pas si loin que ça !

Debout sur le tarmac, entre Fanny et Clarisse, Evann était bien incapable de leur faire la conversation. Garder son casque audio n'était peut-être pas poli mais, à cet instant précis, il ressentait le besoin de mettre le volume à fond pour couvrir le bruit de l'appareil et se couper du monde.

L'avion avait pris la mauvaise direction. « New York, c'est dans l'autre sens ! » avait-il envie de lui crier, espérant qu'il fasse demi-tour. Quelle perte de temps, cette escale à

Brest puis à Paris ! De toute façon, tout lui paraissait absurde. Comme les sentiments qu'il éprouvait pour Lily. Pourquoi l'avoir désirée à ce point ? Sans doute, parce qu'il aimait courir, douter, vibrer. Qu'il savait qu'il ne pourrait jamais l'attraper, qu'elle lui filerait toujours entre les doigts.

Ce n'était pas faute de l'avoir prévenu ! Lily avait toujours été claire avec lui. Comment lui reprocher d'avoir de l'ambition ? D'aller au bout de ses rêves ? Lui-même suivait sa voie avec plus de certitudes, aujourd'hui. Le chemin sinueux des études de médecine ne l'effrayait plus. Était-ce l'accident de Clarisse qui lui avait fait revoir ses priorités ? L'influence de cette drôle de famille Joyeux ? L'amour qu'il éprouvait pour Lily ? S'il ressortait cabossé de leur histoire, cela ne l'empêcherait pas de rester lié à elles. Elles trois. Il croyait aux rencontres. Celles qui vous tombent dessus et vous renversent. Ces rencontres essentielles qui façonnent la vie et lui donnent sens. Evann savait qu'il aborderait les choses différemment désormais, avec plus de maturité. Plus de profondeur.

Fanny l'interrompit dans ses réflexions en soulevant ses écouteurs au-dessus de son épaisse chevelure.

– On y va ? Tu sais, quand Lily aura fini de renifler le monde, elle réalisera que le bonheur qu'on respire est là, dit-elle en enfonçant ses doigts au-dessus de son omoplate. Juste là ! Auprès de ceux qu'on aime.

Épilogue

Les marées d'équinoxe

Ce regard-là ne lui disait rien qui vaille. Yvonne commençait à bien le connaître, son voisin du dessus. Quand Evann se mettait à carburer au café et à ruminer dans son coin, c'était mauvais signe. Et voilà qu'il boudait ses blagues et ses assiettes de pistaches-cacahouètes ! Un comble !

– Mange, mon p'tit ! C'est du gras thérapeutique !

– C'est gentil, mais l'andouille à neuf heures du mat', j'ai pas l'habitude !

Yvonne se pencha au-dessus du comptoir pour lui pincer le biceps.

– Il faut des forces pour réviser !... Marie-Lou dit toujours que le cerveau a besoin de sucre et de beurre pour fonctionner. Tu préfères du gâteau breton ?

Evann se frotta les tempes d'un air las, se demandant s'il n'avait pas intérêt à accepter pour avoir la paix.

– Allez, va pour une petite part !

– Ha ! Je savais bien que tu étais affamé !... C'est quand, les exams ?

– Demain.

La tenancière resta en arrêt, son couteau à la main, puis se retourna vers son frère, en service dans la boucherie attenante.

– T'entends, Francis ? C'est demain, les exams du p'tiot !... Et moi qui l'embête avec cet article du *Télégramme* !

– Je t'avais bien dit de ne pas le lui montrer ! ronchonna Francis en pointant une mine désolée à travers le rideau de perles.

– Quelle andouille je fais !

– Je te le fais pas dire ! confirma le boucher, content d'avoir l'occasion de moucher sa sœur.

Evann but son café cul sec et se leva en leur faisant signe de ne pas s'inquiéter.

– Je vous assure... ça m'aurait embêté de ne pas être au courant. Tu as bien fait, Yvonne ! Je suis content pour Lily... Super projet ! À son image ! Vraiment ! continua-t-il à marmonner en se dirigeant vers la sortie, après avoir posé un billet sur le comptoir et embarqué le journal avec lui.

Dans la rubrique « Portrait », Lily posait fièrement devant le portail de sa maison, un flacon à la main. Pas le petit pot habituel surmonté d'un bouchon de liège. Non, un joli flacon en verre, aux parois bombées, avec une belle étiquette dorée dont il ne parvenait pas à déchiffrer l'inscription. En arrière-plan, Evann reconnut la silhouette blanche de Sambello et les zébrures du phare du Créac'h pointant vers le ciel. « Un parfum, c'est une histoire de cœur », titrait le journaliste. « La Ouessantine Lily Joyeux, tout juste diplômée d'une prestigieuse école de parfum, décide de revenir sur ses terres pour créer sa propre marque. “Le parfum, c'est une histoire de cœur. Je l'ai réalisé assez récemment, nous affirme-t-elle. Il nous imprègne, comme il imprègne nos souvenirs, les gens qu'on aime… Ici, sur mon île, je n'ai jamais été aussi créative. Les odeurs qui m'entourent font partie de moi et j'ai envie de les sublimer.” Son projet : ouvrir un bar à parfums au cœur du village pour faire découvrir ses créations aux vacanciers et prendre le temps de monter son entreprise. “Commencer petit, se faire connaître et s'étendre progressivement… Depuis que je suis enfant, j'ai des rêves de grandeur. C'est plus fort que moi !”, nous avoue-t-elle pour finir. Un projet ambitieux que nous allons suivre attentivement. »

Assis sur un banc, dans le square en bas de la rue, Evann relut l'article plusieurs fois. Dans l'ordre ou le désordre, chaque phrase lui faisait l'effet d'un pieu s'enfonçant dans sa poitrine. Sans parler des décharges qui envahissaient son bras et qui le menaçaient telle une épée de Damoclès ! Pourquoi avait-il aussi mal ? Aussi mal d'avoir été écarté de cette manière ? Avec Lily, ils ne s'étaient jamais rien promis, rien déclaré. Tournant sans cesse en dérision les sentiments qu'ils avaient l'un pour l'autre. D'ailleurs, les premiers mois qui suivirent son départ, une pluie de messages loufoques avait inondé son téléphone, tous plus provocateurs les uns que les autres, à des heures de plus en plus tardives – décalage horaire oblige – et il avait fini par se lasser. Les seuls moments où Lily devenait sérieuse et s'intéressait réellement à lui, c'était pour lui demander des nouvelles de sa sœur. Evann s'était rendu à deux reprises à Ouessant, en septembre et en mars, pour les marées d'équinoxe. Fanny adorait ce phénomène d'attraction du soleil sur la surface de l'eau, lié à l'alignement entre l'astre et l'équateur. Selon elle, ça influait sur notre tempérament et nous donnait une énergie particulière. Sans doute la raison pour laquelle elle se jetait sur lui quand il débarquait du bateau pour le serrer dans ses bras. Chaque fois, il trouvait Clarisse changée. Plus loquace et souriante, plus ancrée dans la réalité. Et, sur le trajet du retour, il s'empressait de le raconter à Lily en s'efforçant de prendre le ton le plus détaché possible. Mais en dehors des marées d'équinoxe ? Que représentait-il pour le trio Joyeux ? Pour Lily ? Quand la mer restait tranquille et ne découvrait plus les rochers ? Quand les drames s'éloignaient, les esprits s'apaisaient. « Le parfum imprègne les gens qu'on aime », disait-elle dans l'article. Assurément, pas lui.

Un événement rare se produisit dans l'immeuble quelques jours plus tard. À marquer d'une pierre blanche, comme dirait Fanny. Samedi matin, onze heures, Yvonne fit l'effort surhumain de monter les quatre étages pour sonner à la porte de son petit voisin. La veille, Evann avait dû se coucher tard pour fêter la fin de ses examens. Pas étonnant qu'il ne soit pas encore descendu prendre son petit déjeuner ! Mais Yvonne n'y tenait plus, il fallait qu'elle lui livre son colis ! En le réceptionnant ce matin, elle n'avait pas fait attention au nom du destinataire. L'adresse était celle du *Gobe-mouches*, alors forcément, elle l'avait ouvert. Mmm ! Qu'il sentait bon, ce paquet ! Et que les mots étaient délicats ! Quand elle les avait lus tout haut, la larme à l'œil, Jean-Claude – son pilier de comptoir – l'avait applaudie en sifflant.

– Yvonne ?

En découvrant la bistrotière, à bout de souffle, devant sa porte, Evann se demanda s'il ne ferait pas mieux de retourner se coucher. Sa motivation à grimper là-haut lui faisait craindre le pire. Pire que la gueule de bois qui inaugurait sa journée. Pire qu'un portrait de parfumeuse à la fin du *Télégramme*.

– J'ai reçu un colis pour toi, s'empressa-t-elle d'annoncer, le sentant prêt à lui claquer la porte au nez.

Colis qu'il expédia sur une étagère comme s'il lui brûlait les doigts.

– Merci, tu me gardes une part de gâteau ? J'aimerais dormir encore un peu.

– Tu devrais l'ouvrir !

Yvonne paraissait moins essoufflée tout à coup et

soutenait son regard, d'un air décidé. Jambes écartées, mains sur les hanches, la tenancière n'était pas disposée à bouger. Quel était donc ce nouveau parfum dont elle s'était aspergée ? L'odeur n'était pas désagréable, mais la quantité déversée lui donnait le tournis. À croire qu'elle était tombée dedans !

– Pourquoi je devrais l'ouvrir ? Tu sais déjà ce qu'il contient ? s'étonna-t-il en repérant les coups de ciseaux qui entaillaient le carton.

– Non, une intuition, glousssa-t-elle, surexcitée.

– Une intuition, c'est ça ! soupira-t-il en s'asseyant sur le canapé, le paquet sur les genoux.

Lorsqu'il sortit le flacon de la boîte, son expression s'adoucit. Gravés en toutes lettres au milieu du doré, ces mots lui étaient destinés :

Bois d'Amour

Une dédicace subtile qui – à elle seule – venait de tout effacer. Tristesse, rancœur, colère. Se pouvait-il qu'un parfum ait ce pouvoir-là ? Quand Yvonne s'assit à ses côtés et diffusa ses effluves, il crut le découvrir pour la première fois. Des notes qui lui semblèrent familières, sans parvenir à les identifier.

– Ce n'est pas tout ! l'asticota Yvonne en piochant une feuille à l'intérieur de la boîte. Lis ça !

– Tu lis mon courrier maintenant ? Je rêve… Rien ne t'arrête !

– Arrête de gémir ! Et lis, je te dis ! insista-t-elle en

levant les yeux au ciel, signifiant « il faut tout faire à ta place ».

Evann déplia le papier et l'éloigna de la curieuse.

Evann,

J'ai une fâcheuse tendance à te sauter dessus ou à perdre mon sérieux face à toi, alors je préfère t'écrire.

À Bruxelles, je ne sais pas si tu te rappelles, tu m'as demandé quelle odeur je garderais de toi si je devais t'enfermer dans un petit pot. J'ai souvent repensé à cette phrase. Une façon déguisée de te dire que j'ai souvent pensé à toi.

La réponse est simple… Je garderai de toi l'odeur de ta nuque au petit matin, l'huile de coco dont tu enduis ta peau, les effluves de café, la solution hydroalcoolique sur tes mains, le chocolat noir – très noir – qui reste sur ta langue. Tu sens le danger quand j'approche, le désir aussi. Bref, tu sens irrésistiblement bon !

Cette odeur enivrante, je l'ai gardée dans un coin de ma tête, comme un grigri, un porte-bonheur en quelque sorte. À des milliers de kilomètres, elle était là, tellement vivante ! Et comme d'habitude, j'ai eu peur. Peur qu'elle prenne trop d'importance. Je l'ai laissée s'éloigner. Un jour, j'ai reconnu que je l'avais perdue. Et ça m'a rendue triste. Au point de me demander comment j'allais pouvoir vivre sans elle. J'ai mesuré la distance. J'ai mesuré le manque. J'ai mesuré le vide. « À chaque mal, son parfum », paraît-il. Quel mélange pour le mal de l'autre ? Cette odeur, j'ai cherché à la reproduire. Ou plutôt à créer l'illusion. Mais l'illusion est mensonge. Et j'avais beau renforcer la note de tête, alléger celle de fond – ou l'inverse –, le résultat n'était jamais à la hauteur de mes souvenirs.

Considère ce flacon comme une esquisse. La déclaration maladroite d'une fille en kilt à carreaux qui aimerait remonter le temps. Il y a des mélanges que l'on ne peut approcher, qui ne résistent pas à l'artifice. Des fragrances mystérieuses qui ne s'accordent que sur ceux qui les portent. Alors, ne change rien ! Pourquoi ai-je mis tout ce temps à comprendre ? Si je ne parviens pas à t'enfermer dans un petit pot, si les souvenirs ne suffisent pas, c'est parce que j'ai besoin de toi. Là, maintenant. Te sentir près de moi, tout entier !

J'espère que tu n'attendras pas les marées d'équinoxe…

Lily

– Alors ? s'impatienta Yvonne, se demandant si Evann, le regard perdu dans le vide, avait enfin fini sa lecture.

– Alors… je ne serais pas contre un « Gobe-mouches », déclara-t-il enfin, la voix rauque, en reposant la feuille sur ses genoux. Un double même !

– Là, tout de suite ? Ça va être compliqué ! pouffa la tenancière en lui frictionnant le dos, comme si elle voulait le réchauffer.

– Pourquoi tu souris comme ça ?

Yvonne remonta son col et s'amusa à le renifler.

– Parce que tu sens i-rrré-sistiblement bon ! roucoula-t-elle.

– Arrête avec ça !

Son air bougon la poussa à en faire des tonnes :

– Vraiment, je l'achète sur-le-champ, ce parfum !... Cette fille a réellement un don !

– Le don de me chambouler, soupira-t-il en se massant les tempes. Je ne sais plus où j'en suis.

– Tu veux mon avis ?

– Non... mais tu ne peux pas t'en empêcher.

Elle acquiesça, avec un sourire en coin.

– T'as sérieusement intérêt à te bouger les fesses, mon p'tit !... Allez, habille-toi ! lui ordonna-t-elle en le poussant hors du canapé. Tu vas réussir à rater ton bateau !

La première fois de la journée qu'Evann se montrait docile. La première fois qu'il lui donnait raison.

– Je ne suis pas au bout de mes surprises avec Lily, crois-moi ! lui glissa-t-il, quelques minutes plus tard, sur le pas de la porte.

– Justement... Je trouvais que ça t'avait manqué, cette année !

– Quoi ?

– Ben, les surprises...

LE MEILLEUR POUR LA FIN

Les recettes

Gobe-mouches

Dans un shaker,
mélanger 5 cl de Martini,
5 cl de Rye Whisky,
1 trait de Picon Bière,
2 glaçons.

Ragoût d'agneau d'Ouessant
(4 personnes)

1 kg de viande d'agneau (collier, épaule, poitrine)
1 kg de carottes
4 oignons
1 kg de pommes de terre
2 gousses d'ail

Bien faire revenir les morceaux d'agneau dans une cocotte en fonte.

Mettre les oignons à revenir, jusqu'à ce qu'ils soient bien colorés.

Pendant ce temps, éplucher les légumes, les couper en gros morceaux pour qu'ils restent bien entiers à la cuisson.

Déposer les légumes (oignons, carottes, pommes de terre), couche par couche.

Mouiller de bouillon de viande, mais veiller à ce que la couche de pommes de terre ne soit pas recouverte afin qu'elle puisse dorer.

Enfourner la cocotte.

Laisser cuire à thermostat moyen pendant 4 heures.

Farz buan

400 ml de lait
275 g de farine
60 g de sucre en poudre
2 œufs

Pour la cuisson :
1 morceau de beurre demi-sel
2 c à s. de sucre en poudre

Dans un saladier, mélanger la farine et le sucre, verser petit à petit le lait puis finir avec les œufs : bien fouetter pour obtenir une pâte bien homogène et lisse.

Faire chauffer une grande poêle et déposer un morceau de beurre bien généreux.

Le laisser fondre et verser 2 grosses louches de pâte.

Patienter quelques secondes, le temps que la pâte prenne, puis remuer avec une spatule comme pour faire des œufs brouillés.

Rajouter du beurre, du sucre et continuer de mélanger constamment.

Bien casser chaque morceau de pâte pour n'obtenir que des petits bouts.

Dès que la poêle est sèche, ne pas hésiter à remettre une petite dose de beurre !

Quand les morceaux sont dorés à souhait, les déposer dans une assiette (recouvrir pour que ça ne refroidisse pas trop vite) et procéder de la même façon avec le restant de pâte.

Servir tiède.

Brume d'oreiller relaxante

Matériel

Flacon pulvérisateur (100 ml)

Hydrolat de fleur d'oranger (46 ml)

Huile essentielle de bergamote (14 gouttes)

Huile essentielle d'ylang-ylang (5 gouttes)

Solubol (60 gouttes)

Une spatule

Un entonnoir

Une balance

Verser les différents ingrédients dans un verre.

Mélanger avec une spatule.

Verser dans le flacon à l'aide de l'entonnoir.

Remerciements

Écrire une histoire, c'est jouer avec les sens, donner du relief à la vie. Les mots s'entendent, se goûtent, se respirent et ouvrent les portes à l'imaginaire. Chers lecteurs, si vous avez humé les arômes du chocolat dans *Qui ne se plante pas ne pousse jamais*, ceux du gâteau breton dans *Va où le vent te berce*, j'espère que – dans cette nouvelle histoire – vous avez senti un à un les échantillons de Lily et les senteurs iodées de Bretagne ! Ouvrir un livre, c'est un peu comme déboucher un flacon. Le tout est de se laisser surprendre ! Alors merci, chers lecteurs, de m'avoir fait confiance une nouvelle fois. Vos retours (par mail ou sur les réseaux sociaux) m'accompagnent tout au long de l'écriture. Vous êtes là, derrière le comptoir d'Yvonne au *Gobe-mouches*, dans les couloirs de la Cavale-Blanche, sur les sentiers de l'île d'Ouessant et vous me soufflez vos idées. Vous êtes-vous déjà demandé – comme Lily – quelles odeurs vous avaient construits ? Lesquelles imprégnaient vos souvenirs, vos endroits préférés, les gens que vous aimez ? Et si vous réalisiez, vous aussi, vos propres petits flacons ? L'odorat influe – plus qu'on ne le croit – sur nos émotions, notre mémoire, nos choix. Et ce n'est pas la romancière qui vous parle mais la neurologue ! Dans ma pratique, j'ai croisé des Clarisse silencieuses, un peu perdues dans leur lit d'hôpital, des Lily en colère, souffrant de leur impuissance, des Evann débutants, maladroits, mais qui n'oublient pas d'être humains. J'ai croisé des murs couverts de photos, des boîtes de gâteaux amassées sur les tables de chevet, des foulards noués aux potences. J'ai croisé beaucoup d'amour, de désespoir, d'espérance. Assez pour leur dédier une histoire.

À Morgane pour m'avoir conté sa passion pour l'équitation et ses magnifiques photos de Sambello (oui, il existe vraiment !) ; à Katia, ma fidèle correctrice.

À tous les libraires passionnés, les blogueurs inventifs, les amis enthousiastes.

À Pierrick, Milla, Axel et Arthur, ma tribu aux yeux couleur de pluie, qui participe toujours activement à cette belle aventure, jusqu'à m'accompagner à Ouessant, recueillir des échantillons pour Clarisse et goûter au ragoût d'agneau cuit sous les mottes. Quel magnifique souvenir !

À Lina, mon éditrice – parfumeuse d'histoires – ainsi qu'à toute la maison Albin Michel : Gilles, Francis, Richard, Mickaël, Nathalie, Aurélie, Florence, Claire, Sandrine, Rémy…

Et enfin, à l'équipe fidèle du livre de poche : Béatrice, Audrey, Zoé, Sylvie, Anne, Florence…

Pour me contacter :
sophietalmen@yahoo.fr
@sophie_tal_men
www.facebook.com/sophie.tal.men/

DU MÊME AUTEUR

Aux Éditions Albin Michel

LES YEUX COULEUR DE PLUIE, 2016

ENTRE MES DOIGTS COULE LE SABLE, 2017

DE BATTRE LA CHAMADE, 2018

QUI NE SE PLANTE PAS NE POUSSE JAMAIS, 2019

VA OÙ LE VENT TE BERCE, 2020

Composition : IGS-CP
Impression : CPI Brodard & Taupin en février 2021
Éditions Albin Michel
22, rue Huyghens, 75014 Paris
www.albin-michel.fr
ISBN : 978-2-226-45737-0
N° d'édition : 24254/01 – N° d'impression : 3042435
Dépôt légal : mars 2021
Imprimé en France